Fontane zum Vergnügen

Fontane zum Vergnügen

Herausgegeben von
Christian Grawe

Mit 7 Abbildungen

Reclam

RECLAMS UNIVERSAL-BIBLIOTHEK Nr. 18799
1994, 2011 Philipp Reclam jun. GmbH & Co. KG,
Siemensstraße 32, 71254 Ditzingen
Umschlagillustration: Nikolaus Heidelbach
Umschlaggestaltung: Eva Knoll
Druck und Bindung: Kösel GmbH & Co. KG,
Am Buchweg 1, 87452 Altusried-Krugzell
Printed in Germany 2019

ISBN 978-3-15-018799-9

www.reclam.de

Inhalt

Vorbemerkung

»Fontane zum Vergnügen« – da lassen sich, wenn man sich dem traditionellen Fontanebild anvertraut, schnell einschlägige gemütliche Textauszüge zusammenstellen: der betuliche märkische Wanderer, der charmante Plauderer, der immer pünktliche Briefpartner, der Spaziergänger im Tiergarten mit dem überlangen Schal, der versöhnliche Kritiker – all das sind Komponenten einer Sicht, die Fontane »onkelhafte« Züge verleiht; und dementsprechend zeigt auch das Fontanedenkmal in seiner Heimatstadt Neuruppin den Dichter nicht in Heldenpose oder gar antiker Gewandung, wie sie noch in der zweiten Hälfte des 19. Jahrhunderts gelegentlich den in Stein gehauenen oder in Bronze gegossenen Künstlern im wörtlichen und im übertragenen Sinne »angetan« wurde. Vielmehr sitzt Fontane locker zurückgelehnt, entspannt, Spazierstock, Mantel und Hut neben sich, ohne jede Spur von *terribilità* oder »göttlichem Wahnsinn«. Die Nachwelt hat sich lange Zeit mehr oder minder darauf geeinigt, in Fontane einen harmlosen Gemütsmenschen zu sehen – ein Image, das sich unter dem Stichwort des »heiteren Darüberstehens« durch seine Rezeptionsgeschichte zieht. Und entsprechend der jeweils herrschenden Ideologie konnte man dann auch Fontanes progressive, reaktionäre oder antisemitische Äußerungen verdrängen oder herunterspielen.

In Fontanebrevieren ließ sich dieses Image unter Kapitelüberschriften wie »Heimat und Fremde«, »Freundschaft und Liebe«, »Gott und Welt«, wie sie sich aus der Gartenlaubenzeit des späten 19. Jahrhunderts sogar bis in die Gegenwart hinübergerettet haben, auf gefällige Weise anrichten. Ein Breviertitel etwa wie *Lerne denken mit dem Herzen* (1948) war wohl nicht dazu angetan, Fontanes intellektuelles Profil schärfer zu konturieren.

Beschränkt man sich in einer Sammlung von Fontanetexten aber auf diese Aspekte, dann verkürzt man Fontanes Persönlichkeit und Werk um zwei wesentliche und häufig übersehene Dimensionen, die ebenfalls zum vergnüglichen Fontane gehören und daher in dem vorliegenden Band stärker betont werden sollen.

1. Fontane zum Vergnügen – ja, aber auch zum diebischen, zum beißenden, zum bitteren Vergnügen! Denn der Dichter war viel realistischer, kritischer, skeptischer, illusionsloser, ja zynischer, als sein Werk auf den ersten Blick verrät. Der vielzitierte ausweichende Standardsatz des alten Briest, »Das ist ein weites Feld«, so häufig auf Fontane selbst bezogen, hat der scharfen, eindringlichen und eindeutigen Urteilsfähigkeit des Dichters eher geschadet, denn

bei allem Abwägenden, bei allem »Ja und Nein« hatte Fontane ein entschiedenes und souveränes, auch die unliebsame Wahrheit nicht scheuendes Urteil: »Meiner Natur nach bin ich optimistisch; aber ich habe zwei Augen im Kopf, und meine Erfahrungen haben schließlich meine Neigungen korrigiert«, schrieb er am 27. Dezember 1878 an Clara Stockhausen. Das lässt eher auf eine illusionslos-pessimistische Weltsicht als auf ein heiteres Darüberstehen schließen.

Kein Zeitgenosse – außer zwischen etwa 1870 und 1895 Friedrich Nietzsche – hat denn auch über einen Zeitraum von sechzig Jahren so viele Züge Deutschlands, Preußens und Berlins bissiger und scharfsichtiger kommentiert als gerade Fontane. Aber nicht nur in der aktuellen Zeitanalyse zeichnete er sich durch Schärfe des Urteils und Formulierungsgewandtheit aus. Vielmehr war Fontane sein Leben lang ein glänzender Beobachter und Kritiker, der über alle möglichen Bereiche des »Menschlichen, Allzumenschlichen« auf prägnante Weise heitere bis böse, amüsante bis bestürzende, liebevolle bis zynische, anerkennende bis vernichtende, idealistische bis illusionslose Kommentare abgab, die sich manchmal zur klassischen Abbreviatur von drei Wörtern destillieren wie »Gram embelliert nicht«. Das ist psychologischer Tiefsinn im leichten Gewand, aber auch ernüchternder Leichtsinn.

In vielen Fällen haben die Zeit- und Weltkommentare Fontanes den Charakter des Aphorismus, des schlagkräftigen, manchmal paradox formulierten und gängige Wahrheiten umkehrenden Bonmots, das seinen Reiz aus der Kürze und Treffsicherheit bezieht. Obwohl Fontane bekanntlich kein aphoristisches Werk hinterlassen hat, gehört er zu den großen Aphoristikern Deutschlands. Nur sind seine Bonmots meist im größeren textlichen Zusammenhang, im Brief oder im Romandialog verborgen und müssen herausgefiltert werden, manchmal bis zur Isolation eines Halbsatzes. Die reichste Quelle dafür bildet Fontanes umfangreiches Briefwerk, das ihn, wie heute wohl unbestritten feststeht, zum größten deutschen Briefschreiber in der zweiten Hälfte des 19. Jahrhunderts macht. Fontanes *talent épistolaire* war zwar bei seinen Freunden bekannt und beliebt, aber der Öffentlichkeit ist es im Laufe des 20. Jahrhunderts erst allmählich erschlossen worden. Thomas Mann war 1911 der erste, der sein Entzücken über Fontanes Briefe aussprach. Der vorliegende Band bemüht sich, den aphoristischen Aspekt des Briefwerks, aber natürlich auch des Fontaneschen Œuvres insgesamt mehr in den Vordergrund zu rücken, als das bisher meist geschehen ist. Gerade in seinen Briefen spricht Fontane ja am zwanglosesten und mit unverstellter Stimme.

Die Frage, wie weit bei diesem Talent Fontanes französisches Erbe oder gar bewusste Anknüpfung an die klassische französische Kunst des aphoristischen Philosophierens über den Menschen in der Tradition Pascals, La Rochefoucaults oder Vauvenargues – zu Fontanes Zeit auch von Nietzsche gepflegt – mitgespielt hat, würde eine eigene Untersuchung erfordern. Leicht erkennbar ist jedenfalls, dass bei Fontane – anders als in der deutschen Tradition etwa Friedrich Schlegels, Novalis' oder Goethes, wo im kurzen Fragment vor allem metaphysische Zusammenhänge auf abstrakt-philosophische Weise reflektiert werden – das Welthaft-Leichte, das urbane *savoir vivre*, der gesunde Menschenverstand und die umgangssprachlichen Formulierungen vorherrschen. Fontanes Einsichten sind mehr praktischer Art und dienen – bei den Briefäußerungen seinen eigenen Kindern gegenüber vielfach im ganz konkreten Sinn – der Lebensgestaltung und -bewältigung. Gerade das lässt sie auch heute noch so amüsant und »anwendbar« erscheinen.

Überhaupt zeichnet sich Fontane – auch dies ist lange unterschätzt worden – durch eine in der deutschen Literatur seltene Urbanität, eine kultivierte Gesellschaftlichkeit und Formgewandtheit aus, die sich auch in beschränkten Verhältnissen und in einer Stadt bewährte, die nie für ihre eleganten oder gar höfischen Umgangsformen berühmt war (auch der berühmte Berliner Witz ist ja eher von ungehobelter Direktheit) und die als neue Hauptstadt zu Fontanes

Zeiten Züge von Lautheit, protzender Spießbürgerlichkeit, kaufmännischer und industrieller Rücksichtslosigkeit, militärischem und aristokratischem Dünkel, von »der Ämter Übermut« und proletarischer Ruppigkeit hatte. Der letzte Kaiser war in seiner taktlosen und vorlauten Art der angemessene Repräsentant dieser im Verständnis der internationalen Welt deutschen *nouvelle richesse.* Scharfe Angriffsziele boten Fontanes Zeit und ihre in strikte und erstickende Formen gepressten und vielfach zum Heucheln gezwungenen Menschen in Fülle. So werden seine Beobachtungen zur Analyse der *conditio humana* des zivilisierten, manchmal überzivilisierten europäischen Menschen im 19. Jahrhundert. Über Widersprüche in Fontanes Urteilen darf man sich dabei nicht wundern. Nicht nur umfassen die Texte einen Zeitraum von fast 60 Jahren, in denen seine Anschauungen sich naturgemäß änderten, sondern gerade auf den Aphorismus selbst trifft Oscar Wildes Aphorismus zu, dass es ganze Wahrheiten nicht gibt, sondern nur anderthalbe oder halbe.

Fontanes geistreiche Diesseitigkeit, die sich im kühlen, aber auch engagierten, eher ungemütlichen als gemütlichen Aphorismus ausspricht, bereitet dabei ein doppeltes Lesevergnügen: man sieht eine kritische Intelligenz ersten Ranges ihre Umgebung und die Welt insgesamt abwägen und sich über sie lustig machen und kann sich an einer eminenten

Fontane-Denkmal in Neuruppin

Formulierungskunst freuen, die Weltphänomene elegant und witzig in Worte bannt: »Lamm-Frommheit ist schön, Schaf-Frommheit ist schlimm«, »Pas comprendre c'est pardonner«, »Mancher ist tot und weiß es nicht«, »Detail-Blödsinn schadet nichts« oder »Alle Weisheit ist nur so lange weise, bis sie widerlegt wird«. Solche bissigen Perlen legen es nahe, Fontane als älteren Verwandten von Karl Kraus und Kurt Tucholsky zu betrachten.

2. Fontane gehört aber auch zu den großen Humoristen der deutschen Literatur, was zu selten bemerkt wird. *Frau Jenny Treibel* und *Die Poggenpuhls* sind Musterbeispiele der in der deutschen Literatur fast vollständig fehlenden »Komödie in Romanform«; und es sind – außer *L'Adultera* – bezeichnenderweise diese beiden Romane, in denen keiner der Protagonisten stirbt oder getötet wird. Aber auch hier weicht Fontane von der typisch deutschen Tradition des 19. Jahrhunderts ab, bei der eine Linie von Jean Paul über Wilhelm Raabe etwa zu Albert Vigoleis Thelen führt. Dieser Humor ist verschnörkelt, pittoresk, provinziell, beschaulich und sprachlich versponnen. »Den meisten deutschen Schriftstellern merkt man den Schlafrock und die Tabakspfeife an«, sagt Fontane selbst in dem Brief an Georg Friedlaender vom 8. September 1885. Fontanes Humor, der eher von Thackeray herkommt und geradenwegs zu Thomas

Manns *Buddenbrooks* führt, ist weitgehend dialogisch und gesellschaftlich oder nimmt jedenfalls meist und oft in satirischer Absicht auf Gesellschaftliches Bezug. Dabei zielt Fontane häufig direkt auf die komische Wirkung ab; Menschliches enthüllt sich selbst. Ausführlich kommentiert zu werden braucht es dann nicht; ein Augenzwinkern des Autors genügt. Die Menschen und ihre Bedürfnisse, Besorgnisse und Begierden erscheinen Fontane vielfach zum Lachen, wenn nicht gar lächerlich. Mit Genuss schildert er in seinen Romanen und auch sonst – etwa in Gedichten – kuriose oder gar absurde Personen, Begebenheiten oder Unterhaltungen, ja auch ganze Episoden – wie etwa Frau Hulens kleinbürgerliche Party in *Vor dem Sturm*. Da es hier um Situationen und Gespräche, Beobachtungen und Ausmalungen geht, kurz, nicht um Gedanken, sondern um Wirklichkeitsausschnitte, müssen solche Textstellen notwendig länger sein als die Aphorismen.

So ist hoffentlich in diesem Band eine Mischung des Vergnüglichen entstanden, die den Lesespaß steigert und alle alten und neuen Fontane-Freunde zum Kopfschütteln, aber auch zum Kopfnicken, zum verschwiegenen Schmunzeln, aber auch zum schallenden Lachen anregt: »Gram embelliert nicht.« Der Herausgeber hofft, dass dieses Vergnügen durch den oft auch widersprüchlichen Wechselbezug der Zitate erhöht wird. Dies jedenfalls war bei ihrer Anordnung und Reihenfolge seine Absicht. Fontanes Glaube – nicht an den Sieg des Moralischen und Menschlichen, aber an ihre höhere Würde gegenüber dem Unmoralischen und Unmenschlichen hätte zweifellos die Entscheidung des Herausgebers gutgeheißen, das Versöhnliche, ja gelegentlich Erhebende im abschließenden Kapitel zu konzentrieren. Ziel des Bandes ist es nicht, Fontanes Aussagen über sich zu sammeln, sondern Äußerungen aus seiner Feder über die Menschen und ihre absurde und uns allen vertraute – und doch so ernste und unvertraute Welt.

I

Von 8½ bis 9½ auf dem Potsdamer Platz

Das Leben ist eine ewige Offenbarung und wahrlich, eine klarere wie die des Predigers Sankt Johannis.

Gott, was krabbelt doch alles unter dem Namen »Mensch« auf diesem Erdball herum.

… »dem *Mutigen* gehört die Welt«, ich sage – dem Humor!

Ein ganzer voller Humor aber kann mit und vor der Kritik selten bestehn. Es gehört eine wenigstens momentane Kritik*losigkeit* dazu, einerseits um humoristisch zu sein, andrerseits um den Humor andrer zu genießen.

Witze, die jedes Ernstes entbehren, sind etwas Furchtbares …

Wie viele Stellen gibt es, wo der Mensch gekniffen werden kann.

Mancher ist tot und weiß es nicht.

Wenn wir über die Straße gehn, und der dummste Mensch ruft uns zu: alter Schafskopf! so ärgern wir uns; unser gutes Gewissen, dass wir zu den klügsten Leuten der Christenheit zählen, ist nicht mächtig genug, uns diesen Ärger zu ersparen.

Es ist fast, als ob die große Triebkraft mehr im Schlechten als im Guten der menschlichen Natur läge.

… wenn 20 oder 60 zusammen sind, siegt immer das Schlechte, das Törichte, das Renommistische.

Freundschaft und Liebe verschwinden immer mehr; in der Familie kommen diese Luxusartikel noch vor, weil die Familie nichts ist als ein auf 3 oder 5 (höhere Zahlen sehr selten) erweitertes Individuum, das von ein und demselben Egoismus inspiriert wird; da kommt dann noch ein annähernd gemeinschaftliches Fühlen vor, und die Berührungen mit dem Knotenstock oder mit drei Pfauenfedern, wie sie dem einen zuteil werden, treffen den andern mit. Aber sowie man über den Kreis der Familie hinaus ist, beginnt die Sahara, dann und wann eine Oase mit einem Baum und einem Quell, sonst nur Wüstengeier und die Trümmer der armen Kamele, die vor einem des Weges zogen und jämmerlich umkamen in Sand und wieder Sand.

In Häusern mit Krachs wechseln die Programms oft.

… es gehört ja so wenig dazu, irgendwo anzustoßen.

»Meine Herren. Als ich vor so und so viel Jahren in Berlin studierte« (»na nu«), »als ich vor Jahren in Berlin studierte, war da mal 'ne Hinrichtung …«

»Alle Wetter, *der* setzt gut ein.«

»… war da mal 'ne Hinrichtung, weil eine dicke Klempnermadamm, nachdem sie sich in ihren Lehrburschen verliebt, ihren Mann, einen würdigen Klempnermeister, vergiftet hatte. Und der Bengel war erst siebzehn. Ja, meine Herren, so viel muss ich sagen, es kamen damals auch schon dolle Geschichten vor. Und ich, weil ich den Gefängnisdirektor kannte, ich hatte Zutritt zu der Hinrichtung, und um mich 'rum standen lauter Assessoren und Referendare, ganz junge Herren, die meisten mit 'nem Kneifer. Kneifer gab es damals auch schon. Und nun kam die Witwe, wenn man sie so nennen darf, und sah soweit ganz behäbig und beinahe füllig aus, weil sie, was damals viel besprochen wurde, 'nen Kropf hatte, weshalb auch der Block ganz besonders hatte hergerichtet werden müssen. Sozusagen mit 'nem Ausschnitt.«

»Mit 'nem Ausschnitt …; gut, Gundermann.«

»Und als sie nun, ich meine die Delinquentin, all die jungen Referendare sah, wobei ihr wohl ihr Lehrling einfallen mochte …«

»Keine Verspottung unsrer Referendare ...«

»... Wobei ihr vielleicht ihr Lehrling einfallen mochte, da trat sie ganz nahe an den Schafottrand heran und nickte uns zu – ich sage ›uns‹, weil sie mich auch ansah – und sagte: ›Ja, ja, meine jungen Herrens, *dat kommt davon* ...‹ Und sehen Sie, meine Herren, *dieses* Wort, wenn auch von einer Delinquentin herrührend, bin ich seitdem nicht wieder losgeworden.

Auf seine Verdienste hin angesehen, verdient jeder gehenkt zu werden.

Überall sind Photographen. Nur wo sie hingehören, da fehlen sie. Genauso wie bei der Polizei.

Gewalt ist nicht immer Autorität. Der Wachtmeister Kayser von der Schutzmannschaft hatte sehr viel Gewalt, aber gar keine Autorität.

Sieht man von ganz wenig Ausnahmefällen ab, so läuft überhaupt unser ganzer Verkehr im Leben entweder auf ein reines schändliches Komödienspiel, oder da, wo im Ganzen genommen Ehrlichkeit herrscht, auf Kompromisse, Waffenstillstände, stillschweigende gegenseitige Abmachungen hinaus.

… das Volk hat eine unbezwingbare Neigung, entweder zu lügen oder sich die Dinge zurecht zu machen.

… der ›Volksmund‹ hat das Vorrecht zu lügen, so viel er will, es heißt dann ›Sage‹ und wird von den Gelehrten oder Käuzen meines Schlags mit höchstem Respekt behandelt.

… alle Lügner und Aufschneider sagen mitunter auch die Wahrheit, ja sagen sie, was die Hauptsache ist, ohne es zu wissen. Denn wenn sie wüssten, dass es die Wahrheit wäre, so genügte es ihnen nicht, und sie sagten etwas andres.

Die Furcht vor dem Ridikül spielt in der Welt eine kolossale Rolle.

Bei sonst gleichen Gaben ist der Rüpel dem Rest der Menschheit immer um einen Schritt voraus.

Erfolganbeter

Nie hab ich ein dummeres Stück gelesen.
»Das Haus ist ausverkauft gewesen.«

Farbe, Linien, alles verschwommen.
»Die Jury hat es angenommen.«

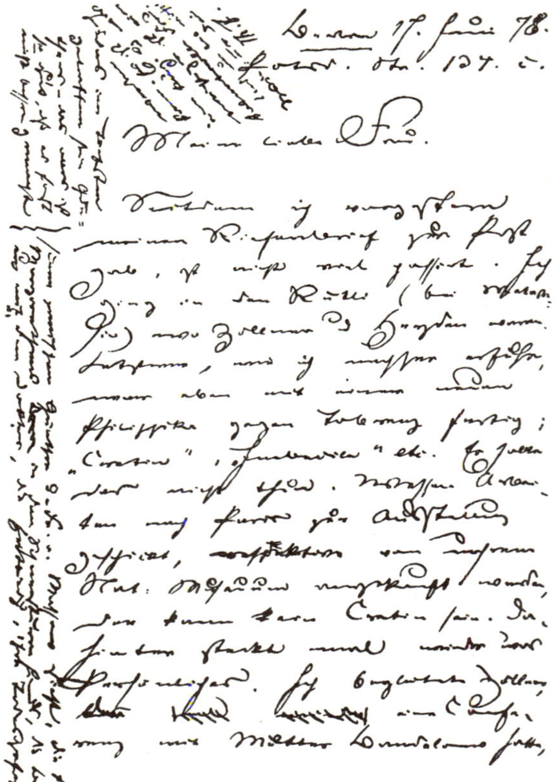

Erste Seite eines Briefes von Theodor Fontane
an seine Frau (1878)

Ein Skandal ist seine Art zu leben.
»Der Botschafter hat ihm ein Fest gegeben.«

Glauben Sie mir: er ist ein Kujon.
»Hat aber eine Taler-Million.«

Es ist vielleicht eine kleine Tugend, von dem Urteil der Menschen abhängig zu sein, aber bequemer haben es die Rüpel, denen all so was ganz gleichgültig ist.

»Just what I like, Miss Corinna. ›Plauderhafte Leute, gute Leute‹, so sagen wir in England.«

»Und das sag' ich auch, Mr. Nelson. Können Sie sich einen immer plaudernden Verbrecher denken?«

Man muss sich darin finden, dass immer wer da ist, der einem vorgezogen wird.

Man ist doch furchtbar abhängig von dem, was die Menschen sagen, was so weit geht, dass man, wenn nur 3 mal 24 Stunden dazwischen liegen, mit Urteilen einverstanden ist, die sich untereinander widersprechen.

Es ist nicht gut, immer nur an das zu denken, was die Leute sagen, aber es ist noch weniger gut, gar nicht daran zu denken.

Unsre Eitelkeit überredet uns so leicht, dass an unsrem Erscheinen oder Nicht-Erscheinen irgend etwas gelegen ist.

… die Eitelkeit auch der besten Menschen ist so groß, dass, wenn man einem sagt, er sähe wie Rubens aus, so ist er nicht voll zufrieden. Er will wenigstens wie Rubens und Van Dyck zusammengenommen aussehn.

… wer kokettierte am Ende nicht; wir unterscheiden uns bloß in »wie«.

Jeder ist ein Egoist und die Eitelkeit ist mindestens eine Cousine des Egoismus, vielleicht Schwester, ja vielleicht ist Beides so ziemlich dasselbe.

… die Mode beherrscht uns mehr, als wir glauben. Selbst Professoren kennen etwas von jenem wunderbar erhebenden Gefühl, mit dem der gewöhnliche Mensch […] in den Ärmel eines neuen Rockes fährt, und mancher langhaarige Dichter zog seine modischen Hackenstiefel mit Empfindungen an, als sei nun der Kothurn selber unter seinen Füßen. Ich wage die Behauptung: wer keine Glacéhandschuh' trägt, hat entweder keine oder *versteht* sie nicht zu tragen, und dem breiten Behagen der Unfeinheit gehen unwandelbar viele hundert gescheiterte Versuche voraus, sich auf dem Parkett des Lebens zu bewegen.

Jede Frage, auch die größte, interessiert die Menschen nur 3 oder 5 oder 7 Tage, dann ist es vorbei …

… es gibt Leute, denen man auch nicht aus landläufiger Höflichkeit schöne Worte sagen darf; sie nehmen gleich alles zu feierlich.

Wenige Menschen haben Grazie im Geben, nicht einmal ihren billigen Rat können sie einem mit Anstand applizieren.

… anständige Menschen werden immer miteinander fertig.

Es gibt doch wenig Menschen, mit denen man es aushalten kann.

… man soll jede an sich berechtigte Natur […] gelten und gewähren lassen und selbst vor gewissen Konsequenzen solcher Natur nicht erschrecken.

Einem andern Menschen […] seine schiefen und verwachsenen Gedanken orthopädisch gerade zu rükken, ist eine wahre Hundearbeit.

Die Menschen zu bekehren ist meist unmöglich, denn es gehören allerhand Gaben des Geistes und Charakters dazu, sich bekehren zu *lassen*; im günstigsten Fall aber bedarf es dazu vieler Jahre.

Die meisten Menschen bringen so das ganze Leben hin, dass sie sich von Pfingsten nach Weihnachten und von Weihnachten wieder nach Pfingsten sehnen.

Man ist ja heutzutage immer nur so lange gekannt, wie man in der Zeitung steht, gleichviel ob als Minister oder Bonbon-Fabrikant.

… man kennt die Welt und glaubt im Einzelfall doch immer wieder an Tugend.

… nichts ist rarer als die Verehrung Berufener, als die Liebe der Konkurrenten.

Sich oft sehen und plaudern und gegenseitig besuchen, ist eine Freude; *zusammen leben* ist immer eine Gefahr.

… das ist immer das Schlimme, dass die Menschen grade *die* Passion haben, die sie nicht haben sollen.

Die männliche Schweinigelei hat noch eine lange Zukunft.

… wer hat nicht schwache Punkte!

… keiner kann alles …

Wenig hoffen ist immer gut.

Wurzels
(Berliner Ehedialoge)

»Wurzel, wir wollen nun an die See,
Heute (als letztes noch) koch ich Gelée,
Friederike bleibt und sorgt für Torf, –
Ich denke, wir gehen nach Heringsdorf.«

»Ahlbeck.«

»Wurzel, mit Hermann wird es nun Zeit,
Alles hier draußen ist freilich so weit,
's Gymnasium auch (und täglich zweimal),
Aber mit Pferdebahn ist es egal,
Ich denke mir also ›Joachimstal‹.«

»Steglitz.«

»Wurzel, der Winter ist nun bald da,
Mir graut schon vor dem Gesellschaftstrara,
Aber was hilft es (sie reden schon),
Also Scherzers, Kopisch, Liliencron
Und vielleicht die Familie Levysohn …«

»Meyers.«

»Wurzel, du bleibst doch, wie du bist,
Ein Igel an dir verloren ist,
In der Tanzstund, als Bräutigam und nun ehlich
Immer gleich aufbäumsch und unausstehlich;
Mag man sich noch so den Kopf zerbrechen,
Du widersprichst, um zu widersprechen,
'ne Scheidung gibt es schließlich *doch*!«

»Ich denke mir, du besinnst dich noch.«

Dass die Menschen die Geschmacksrichtungen andrer so wenig respektieren.

… groß ist doch schließlich nur, wer die Menschheit um ein paar Kilometer weiter bringt.

Ohne einen feinen Beisatz von Selbstironie ist jeder Mensch mehr oder weniger ungenießbar. Daher gibt es so viele Ungenießbare.

Die meisten großen Menschen haben auch noch Geckenzüge nebenher. Ganz korrekt sind immer nur die Mittelmäßigen.

Kümmert sich keiner um einen, ist es nicht recht, und ändert sich's, so ist es auch nicht recht. Dazu kommt, dass auch das Loben eine feine Kunst ist, die nicht viele verstehn. Die meisten stoßen bei dem Diener, den sie machen, drei andre um.

… so zweifelsohne ist niemand, dass man ihm nicht seine Dämlichkeit auf irgend was hin beweisen könnte.

Das ganz Alltägliche bleibt immer siegreich und am meisten das Gemeine.

Im ganzen genommen existiert bei den Menschen eine so hochgradige Unfähigkeit, den Seelen anderer auf den Grund zu sehen, dass sich dies Hochgradige nur aus einer gewissen Unlust, »sich auf irgendwie ernste Untersuchungen einzulassen«, erklären lässt. Die meisten nehmen, so lange sich's einigermaßen mit ihrem Vorteil verträgt, alles so, wie's bequem-zugänglich obenauf liegt.

… man kann und weiß alles immer nur für andre, für *sich* kann und weiß man gar nichts und ist so autoritäts- und hilfebedürftig wie der Schwächste und Dümmste.

Sich angehören, ist der einzig begehrenswerte Lebens-Luxus. Die moderne Menschheit ist so herunter, dass sie eine Plüsch-Ameublement vorzieht.

Jedes Land, jede Gesellschaft, jedes Lebensalter, jedes Verhältnis, jedes Portemonnaie, fordert ein ganz bestimmtes Benehmen und die jedesmal entsprechende Haltung zu treffen, ist die recht eigentliche Lebens-Klugheit.

Nichts kann so gut entbehrt werden wie ein Mensch, auch der beste. Einen besondren Wert hat nichts mehr, weder Person noch Sache.

Man erkennt die Menschen an ihren prädominierenden Gefühlen.

Im übrigen ist einem der Mensch nicht das, was er *überhaupt* ist, sondern, das was er einem allerpersönlichst und ganz im Speziellen ist, wobei sich's treffen kann, dass einem eine fragwürdige Gestalt viel mehr ans Herz gewachsen ist als irgend ein Tugendpriester und Gesinnungstrampel. Im Verkehr der Menschen untereinander ist Liebe das Entscheidende; wer mich liebt und mir beständig die Beweise davon gibt, den liebe ich wieder und frage den Teufel danach, ob er andern gefällt oder eine sittliche Größe repräsentiert.

Die meisten Menschen haben nur die [Gabe], das an sich Bedeutende zu vertrivialisieren.

Die meisten Menschen sind in Kleinheit befangen und gönnen dem andern nichts.

… Rührseligkeit und Tränendrüse sind auch der entarteten Menschheit treugeblieben.

Die grässliche Bescheidenheits-Komödie, die wir beständig führen müssen, schafft mehr Unwahrheit in die Welt, als wenn man flott drauf los renommierte oder wenigstens sich daran gewöhnt, sein Licht nicht unter den Scheffel zu stellen.

Nichts ist spielriger als Leben und Wirklichkeit.

… Skandal ist immer das süßeste.

Die Menschen und unsre Beziehungen zu ihnen dürfen uns nicht gleichgültig sein. Man kann die Menschen vermeiden, aber von dem Augenblick an, wo man mit ihnen verkehrt, hat man auch Verpflichtungen gegen sie. Man muss freundlich sein, sich angenehm zu machen suchen und erst damit aufhören, wenn man wahrnimmt (in Deutschland leider die Regel), dass alle diese Anstrengungen vergeblich sind.

Die Menge hat immer eine langweilige Prinzipschablone, das Individuum fühlt und handelt aus dem unmittelbar Gegebenen heraus.

Die Geburtstage haben das Schlimme, dass man an ihnen geboren wurde, aber das Gute, dass man sich Briefe schreibt und von einander hört.

Je länger ich das Leben beobachte, je deutlicher seh' ich, dass dem Einzelnen mit einer eisernen Konsequenz des Schicksals das Eine gegeben, das Andre versagt wird; der eine spekuliert immer glücklich, der andre immer unglücklich; der eine liebt immer glücklich, der andre immer unglücklich; der eine reist dreimal um die Welt ohne Unfall, der andre trifft es bei jeder Ausfahrt so, dass ein Rad bricht oder ein Pferd durchgeht oder doch wenigstens, dass es mit Mollen gießt.

Wir stehen zu sehr unter dem englischen Seifen-Einfluss und vergessen drüber, dass ungewaschene Menschen mindestens so poetisch sind wie gewaschene.

Es genügt, wenn man mit seinen Vorgesetzten leidlich auskommt; Intimitäten sind nicht nötig. Und wo gibt es überhaupt Intimitäten! Der furchtbare [...] Satz, dass unsre Stellung zu den Menschen durch die Frage nach unserm Vorteil und unserm Vergnügen bestimmt werde, ist au fond richtig.

… so schön Rücksicht-nehmen ist, so schrecklich ist *ängstliches* Rücksicht-nehmen.

Es geht mit diesem Frühjahr wie mit dem Leben überhaupt: man hat sich in allerlei Verzweiflungen hineingesprochen und wenn man schließlich zusieht, sieht es nicht schlechter aus als sonst. Die letzten Rechnungen ähneln sich überall sehr. Wir dachten hier schon an Vereisung, eventuell an Untergang durch Sturm […] und jetzt, wo Gott den Schaden besieht, grünen die Bellevue-Straßen-Kastanien um kein Haar schlechter als im vorigen Jahr und sitzen die Paare und Pärchen bei Josty gerade so glücklich und gelangweilt wie früher. Die meisten sehen aus, als trügen sie zu enges Schuhzeug und warteten auf den Moment, wo sie daheim und in bloßen Strümpfen das Glück des Tages vergessen können. Mitunter drängt sich mir die Frage auf, ob Gott wirklich die Menschen quält und ob sie's nicht bloß selber sind, die sich das Leben so schwer machen.

… alle Tage geschieht das Unwahrscheinlichste, und das Wahrscheinlichste lässt einen im Stich.

Man lebt nun mal unter Menschenmassen, und diesen Massen gegenüber immer ein Gefühl der Beängstigung zu haben, heißt eine Menge Freuden des Daseins streichen.

Was wirken soll, muss echt und wahrhaftig sein, und wenn man einen Menschen andern Menschen menschlich näher bringen will, so muss man diesen Menschen menschlich zeichnen, also auch seiner »Menschlichkeiten« nicht vergessen.

Das Wichtigste für den Menschen ist der Mensch, da liegt nicht bloß sein Glück, da liegt auch seine Gesundheit.

II
Bei Hauptmann Walleiser im Invalidenhause

Als er zur 1. Compagnie kam, schrieb er: »er habe nun den Vorteil der Musik am nächsten zu marschieren«, eine Version, die er, als er einige Wochen später zur 4. und letzten Compagnie kam, dahin abänderte: »er habe *nun* den Vorteil, die Musik des unmittelbar folgenden Bataillons zu hören.« Er hat ganz Recht; es kommt immer nur drauf an, dass, wie und wo man auch marschiert, man allerorten die *Musik* des Lebens hört. Die meisten hören nur die Dissonanzen.

Wer dient, muss gehorchen und schweigen können. Das ist nicht bloß militärisch, das ist überhaupt gültig in der ganzen Welt. [...] Aber ich brauche Dir wohl nicht erst zu sagen, dass dies nichts zu schaffen hat mit timider, sklavisch-unwürdiger Unterordnung. In entscheidenden Momenten, wo das Beste, was man hat, auf dem Spiele steht, muss man sprechen, ordentlich, fest, bestimmt, mutig. Aber die Lebenskunst besteht darin, sein Pulver nicht unnütz und nicht in jedem Augenblick zu verschießen.

... auch Bataillons-Kommandeure können irren ...

Der Leutnant ist nicht der Held der Situation, sondern der aus dem Volk geborne Unteroffizier. *Da* sitzen die Musikanten. Volk ist alles, Gesellschaft ist nichts …

… jeder gesunde Mensch, der in bestimmten soldatischen Anschauungen von Jugend auf trainiert wird, gibt auch schließlich einen guten Soldaten ab.

Ach, wie bevorzugt sind doch Lieutenants, 6 Fuß hohe Rittergutsbesitzer und all die andern aus der Familie Don Juan, und wie nehm' ich alles zurück, was ich, als ich selber noch tanzte, zu Gunsten lyrischer Dichtung und zu Ungunsten hübscher, lachender und gewaschener Herzenssieger gesagt habe. Der Bücher- und Literaturwurm, und wenn er noch so gut und auch so gescheit ist, ist doch immer nur eine Freude für sich selbst, für sich und eine Hand voll Menschen. Die Welt geht drüber weg und lacht dem Leben und der Schönheit zu.

Ein Soldat, der an Nervenfieber im Lazaret liegt, ist außerhalb des Bereichs der Kriegsartikel. Die Kriegsartikel haben Recht; aber der arme Kerl, der ruhig weiter phantasiert, hat auch Recht …

Mit Todesangst im Herzen *doch* ausgehalten; der einzig wahre Mut.

… das Heldische lässt sich nicht lernen.

Man darf Heldentaten nicht in der Nähe betrachten.

Alles Heldentum ist begrenzt.

Man kann nicht immer siegen.

Feigheit ist der Menschheit bestes Teil.

Sonderbar, die Menschen verlangen immer moralische Heldentaten, so lange sie persönlich nicht »dran sind«.

… das Siegesunwerte siegt immer …

Immer dieselbe Geschichte: wenn der Morgen anbricht, sieht man, dass es ein Handtuch war, aber in der Nacht hat man sich gegrault. Die Tapfersten haben mir solche Zugeständnisse gemacht. Nur der Feigling ist immer Held.

»… als ich so zu Hause saß und mich notdürftig vorbereitete, da las ich – denn wir waren gerade beim ersten König – allerhand Biographisches und darunter auch was vom alten General Barfus, der, wie die meisten damaligen, das Pulver nicht erfunden hatte, sonst aber ein kreuzbraver Mann war. Und dieser Barfus präsidierte, während der Belagerung von Bonn, einem Kriegsgericht, drin über einen jungen Offizier abgeurteilt werden sollte.«

»So, so. Nun, was war es denn?«

»Der Abzuurteilende hatte sich, das mindeste zu sagen, etwas unheldisch benommen, und alle waren für Schuldig und Totschießen. Nur der alte Barfus wollte nichts davon wissen und sagte: ›Drücken wir ein Auge zu, meine Herren. Ich habe dreißig Renkontres mitgemacht, und ich muss Ihnen sagen, ein Tag ist nicht wie der andere, und der Mensch ist ungleich und das Herz auch und der Mut erst recht. Ich habe mich manches Mal auch feige gefühlt. Solange es geht, muss man Milde walten lassen, denn jeder kann sie brauchen.‹«

»Höre, Distelkamp«, sagte Schmidt, »das ist eine gute Geschichte, dafür dank' ich dir, und so alt ich bin, *die* will ich mir doch hinter die Ohren schreiben.«

Wenn die Gewehre erst losgehen, weiß man nie, wie die Kugeln fliegen.

Große Zeit ist es immer nur, wenn's beinah schief geht …

Je großartiger der Vernichtungsapparat, je größer die Verantwortung und die Sorge.

Alle Staaten müssen erst wieder den Mut kriegen, vor dem Besiegtwerden nicht zu erschrecken. Es schadet einem Volke nicht, weder in seiner Ehre noch in seinem Glück, mal besiegt zu werden – oft trifft das Gegenteil zu. Das niedergeworfene Volk muss nur die Kraft haben, sich aus sich selbst wieder aufzurichten. Dann ist es hinterher glücklicher, reicher, mächtiger als zuvor.

Die Menschheit hat zu natürlichen Zuständen zurückzukehren. Das aber, womit am ehesten (weil unerträglich geworden) gebrochen werden muss, ist der Militarismus.

Abgesehen von dem Entsetzlichen jedes Krieges, stehe ich außerdem noch allem Heldentum sehr kritisch gegenüber. Es gibt ein ganz *stilles* Heldentum, das mir imponiert. Was aber meist für Heldentum gerechnet wird, ist fable convenue, Renommisterei, Grogresultat.

Die Konquestadorenzeit, wo zwanzig Räuber, weil sie Knallbüchsen hatten, viel gesittetere Leute zu Paaren trieben und die Könige dieser besseren Leute auf den Rost legten – diese brutale Zeit ist vorbei, und gerechtere Tage brechen an. Die ganze Kolonisationspolitik ist ein Blödsinn: »Bleibe zu Hause, und nähre dich redlich.« Jeder hat sich *da* zu bewähren, wohin ihn Gott gestellt hat, nicht in einem fremden Nest.

… Krankengeschichten sind langweilig …

Wilms sagte mir mal […]: »Der einzige wirkliche Schutz gegen Krankheiten ist Krankheit.« Brillant und wahr. Ein Typhuskranker hat noch nie an Asthma gelitten und ein scharfer Asthmatikus hat keinen Typhus. In der moralischen Welt ist es ebenso: wer geizig, frostig und gefräßig ist, kann nicht *sehr* geizig sein, denn er heizt kolossal ein, weil ihn friert und verzehrt einen Kalbsbraten, weil er hungert und giert.

Das Beste […] langer Krankheit ist, dass man einiges für seine Bildung tun kann.

… das Mittel ist so oft schlimmer als die Krankheit.

Wo Blutsysteme gereinigt, Lebern verdünnt und Flechten ausgerodet werden sollen, da ist mit indifferenten Flüssigkeiten nicht viel getan, da muss die Eroica gespielt und selbst vor einem Springen der Pauke nicht gezittert werden.

Choleraberichte, so wichtig sie sind, können einen nicht auffrischen.

… Husten ist eine Qual, für den, der ihn hat, und für den, der ihn mit anhören muss …

… ein ewiger Kleinschnupfen, der so hinsiecht, ist unbequem und hilft nichts; wie Minerva muss er aus dem Haupte springen.

Zuletzt kam sie zur Leutnant Petermann, und hier erst, weil diese wegen eines Unfalls am Abend vorher noch im Bette lag, blühte ihr Weizen.

»Gott, Frau Leutnant, Sie liegen noch; was is denn los?«

»Ach Runtschen, jetzt geht es ja wieder. Aber bis viere habe ich kein Auge zugetan. Solche furchtbaren Schmerzen …«

»Hier?«

»Nein, hier nich. Diesmal nich. Das hätte bloß noch gefehlt, dass ich auch aufgemusst hätte bei dem kalten Fußboden und dem Zug draußen. Nein, hier … Zahnschmerzen. Der halbe Backzahn is weg.«

»Na, aber wie denn?«

»Ja, wie das so geht. Da hatt ich mir nu das Bäumchen angesteckt und sein Bild druntergestellt und wollte seine Briefe noch mal lesen, das heißt, bloß die ersten, wo er noch wie rapplig war. Er war so. Und als ich da nu so sitze und lese und den Teller ranrücke und zu knabbern anfange, erst ein kleines Marzipanherz und dann eine Pfeffernuss und dann ein Stück Steinpflaster, da beiß ich in das Steinpflaster rein, grad an eine Mandelstelle, und da sitzt nu grade ein Stück Mandelschale, was man ja nich sehn kann, weil alles dieselbe Farbe hat, und weil ich scharf zubiss, war der halbe Zahn weg.«

»Un mit runtergeschluckt?«

»Nein, so weit kam es gar nicht. Es tat gleich so weh, und ich kriegte gleich solchen Schreck, dass ich darauf verzichtete. Und war immer, als säße noch was drin, und ich holte mir eine Stopfnadel. Aber da wurd es immer toller, und ich fing beinah an zu schrein. Ein Glück, dass ich warm Wasser im Ofen hatte. Da hab ich dann gespült und gespült, und nu hat es sich beruhigt.«

Gute Zähne sind mindestens so viel wert wie das Assessorexamen.

Dass der Aufenthalt Otto so gut getan hat, hat uns sehr erfreut, übrigens nach den jetzt tagaus, tagein gerühmten Resultaten der Kneipp-Kuren (die ja auch auf fröhliches Wasserpantschen hinauslaufen) keinen Augenblick überrascht. Trudi, von festerem Bau, kommt auch so durch. Dass Deine Frau durch das eigentümlich Aufregende, das die Seeluft hat, erst überreizt und dann abgespannt worden ist, beweist mir aufs neue, wie misslich es mit den Sommerfrischen ist. So recht etwas haben eigentlich nur die davon, die's nicht brauchen. Wer auf den Großglockner 'raufklettert oder drei Stunden in Sonnenglut auf dem Wasser ist, um Seehunde zu schießen, der kommt sehr vergnügt von einer Sommerfrische zurück, deren Frische für ihn überhaupt nicht nötig war; die aber, die einer Erholung bedürfen, für die sich's wirklich um eine Luftkur handelt, die kriegen furchtbar oft einen Knacks davon weg, weil die ganze Wissenschaft von diesen Dingen noch in den Kinderschuhen steckt.

»Abführen« ist dreiviertel aller Heilkunde, und jede Krankheit tritt milder auf, wenn man ihr von Anfang an mit *Offenheit* entgegentritt.

Gute Verdauung ist besser als eine Million.

Dicke Haut ist noch besser als gute Verdauung.

Corinna, den Mörser zwischen den Knien, war mit Zimtstoßen beschäftigt, während die Schmolke grüne Kochbirnen der Länge nach durchschnitt und beide gleiche Hälften in eine große braune Schüssel, eine sogenannte Reibesatte, fallen ließ. Freilich, zwei ganz gleiche Hälften waren es nicht, konnten es nicht sein, weil natürlich nur eine Hälfte den Stengel hatte, welcher Stengel denn auch Veranlassung zu Beginn einer Unterhaltung wurde, wonach sich die Schmolke schon seit lange sehnte.

»Sieh, Corinna«, sagte die Schmolke, »dieser hier, dieser lange, das ist so recht ein Stengel nach dem Herzen deines Vaters …«

Corinna nickte.

»… Den kann er anfassen wie 'ne Maccaroni und hochhalten und alles von unten her aufessen … Es ist doch ein merkwürdiger Mann …«

»Ja, das ist er!«

»Ein merkwürdiger Mann und voller Schrullen, und man muss ihn erst ausstudieren. Aber das Merkwürdigste, das ist doch das mit den langen Stengeln, un dass wir sie, wenn es Semmelpudding un Birnen gibt, nicht schälen dürfen, un dass der ganze Kriepsch mit Kerne und alles drin bleiben muss. Er is doch ein Professor un ein sehr kluger Mann, aber das muss ich dir sagen, Corinna, wenn ich meinem guten Schmolke, der doch nur ein einfacher Mann war, mit so lange Stengel un ungeschält un den ganzen Kriepsch drin gekommen wär, ja, da hätt es was gegeben. Denn so gut er war, wenn er dachte, ›sie denkt woll, das is gut genug‹, dann wurd er falsch un machte sein Dienstgesicht un sah aus, als ob er mich arretieren wollte …«

»Ja, liebe Schmolke«, sagte Corinna, »das ist eben einfach die alte Geschichte vom Geschmack und dass sich über Geschmäcker nicht streiten lässt. Und dann ist es auch wohl die Gewohnheit und vielleicht auch von Gesundheits wegen.«

»Von Gesundheits wegen«, lachte die Schmolke. »Na, höre, Kind, wenn einem so die Hacheln in die Kehle kommen und man sich verschluckert un man mitunter zu ’nem ganz fremden Menschen sagen muss: ›Bitte, kloppen Sie mir mal en bisschen, aber hier ordentlich ins Kreuz‹, – nein, Corinna, da bin ich doch mehr für eine ausgekernte Malvasier, die ’runter geht wie Butter. Gesundheit! … Stengel un Schale, was da von Gesundheit is, das weiß ich nich …«

»Doch, liebe Schmolke. Manche können Obst nicht vertragen und fühlen sich geniert, namentlich wenn sie, wie Papa, hinterher auch noch die Sauce löffeln. Und da gibt es nur ein Mittel dagegen: alles muss dran bleiben, der Stengel und die grüne Schale. Die beiden, die haben das Adstringens …«

»Was?«

»Das Adstringens, das heißt das, was zusammenzieht, erst bloß die Lippen und den Mund, aber dieser Prozess des Zusammenziehens setzt sich dann durch den ganzen inneren Menschen hin fort, und das ist dann das, was alles wieder in Ordnung bringt und vor Schaden bewahrt.«

Ein Sperling hatte zugehört, und wie durchdrungen von der Richtigkeit von Corinnas Auseinandersetzungen, nahm er einen Stengel, der zufällig abgebrochen war, in den Schnabel und flog damit auf das andere Dach hinüber.

Kalt Wasser kann viel; leider fehlt es ihm an Nahrungsstoff, sonst regelten sich viele Fragen.

Die Verpflegungsfrage ist für den Kulturmenschen eigentlich das Wichtigste; die Gesundheit hängt gewiss dran und fast auch die Moral. Die Engländer schieben alles auf Seife, aber Pears Soap ist doch nicht *so* wichtig.

Man kann 3 Tage lang schlecht essen, aber 5 Monate lang, das geht nicht …

… gesunde Menschen können sich verweichlichen und hinterher auch wieder abhärten, es ist nur das Aufgeben einer schlechten Gewohnheit; Leuten aber, die wirklich krank sind, die wirklich an Herz oder Hals oder Lunge leiden, ihre »Abhärtung« anpreisen wollen, ist pure Mörderei.

… es gibt Zustände, wo eine einzige Schweine-Griebe den stärksten Mann umwerfen kann.

Ich habe mal von einem gehört, der bei Josty, weil er so gewettet hatte, zwölf Tassen Kaffee hintereinander trank und dann tot umfiel. Aber was beweist das? Wenn ich zwölf Käsestullen esse, fall ich auch tot um; alles Verzwölffachte tötet einen Menschen.

... die Krankheiten mit ganz fremden Namen [...] sind meist nicht so schlimm, wie sie klingen, und bleiben hinter den Krankheiten mit ausgesprochensten deutschen Namen zurück.

... bei einem Manne mit der »indischen Ruhr« kommt man bloß ’runter. Viel Wäsche und wenig Vergnügen.

Nervöse Menschen stellen alles auf den Kopf und können sich einen verdorbenen Magen durch Hummersalat oder Aalpastete kurieren, immer vorausgesetzt, dass sie plötzlich einen Heißhunger auf das eine oder andre kriegen. Was sie vor allem brauchen ist Sonnenschein, Liebe, Glück, aber jeden Tag anders, jeden Tag neu, und wenn sich das alles wie beim Koch oder in der Apotheke bestellen ließe, so wären die nervösen Leute nicht bloß die nettesten und heitersten, sondern auch die *gesundesten.*

… an die Heilkraft des Schnapses kann ich nicht glauben.

Vieles kann man entbehren, wenn man 2erlei hat: Schlaf und Abwesenheit von Ärger.

… man soll keines Menschen Nachtruhe nutzlos stören …

… müde Menschen müssen zu Bett gehn; dies ist eine der Ungeheuerlichkeiten, ja Roheiten unsres gesellschaftlichen Lebens, dass man, wenn man nicht mehr Zipp sagen kann oder Zahnweh oder einen Strom- oder Trompetenschnupfen oder eine furchtbare Migräne hat, immer noch grade gut genug ist, um in Gesellschaft zu gehen. Das ganze, dem Schönheitlichen und Ästhetischen entfremdete Wesen des Germanen spricht sich darin aus; zugleich der krasse Selbstsüchtling. Selbstsüchtigsein ist nicht bloß verwerflich, es ist auch hässlich und die wahre Schönheit, die wohltut und erquickt, ist immer nur bei der Güte, die, wenn nicht das Ich zu vergessen, so doch wenigstens das andre Ich zu *sehn* und zu respektieren weiß.

… der unausgeschlafene Mensch ist eine Null, oder wenn der Mensch überhaupt eine Null ist, die Null einer Null.

Ich habe mein ganzes spätres Leben nach dem Satz eingerichtet, dass 4 ausgeschlafene Stunden besser sind als 12 müde.

Einem in Trübsinns-Apathie Verfallenen darf man nicht zurufen: »Lache, tanze, sei heiter«, man muss ihn gewähren lassen, das ist sein gutes Recht; aber es ist in gleichem Grade das gute Recht der Andern zu sagen: »Wir wollen Dir nicht Deine Trübsinns-Wolke stören, störe *Du* uns nicht unser bisschen Licht.« [...] Der Kranke hat sein Recht, aber der Gesunde noch mehr ...

Nun hat ein L. jun. den Typhus in Zansebur. O, diese Landaufenthalte, diese Teiche mit Entengrütze, an denen die Entengrütze schließlich immer noch das Beste ist! Immer Typhus und Diphterie. Mir kann die ganze Geschichte gestohlen werden. Gesund sind nur die Gegenden, die sich der Mensch zurechtgemacht hat, der Sumpf muss ausgetrocknet, der Sand muss bewässert, die trockne scharfe Höhenluft muss durch Seen und Wasserfälle, durch Waldschirme gesänftigt werden und mehr Corpus kriegen. Die Natur als solche kann man nicht brauchen; Wüste, Eis, Gletscher, Stein, Moor, – was soll man damit. Es ist alles einseitig, unfertig, unerzogen. »Der gepildete Mensch gehört in die Stube« (aber ohne Schwamm).

… es bleibt dabei, »Luft ist kein leerer Wahn«, und ich denke mir die Zukunft der Medizin und speziell der Hygiene so, dass die Luftarten in ihren hundert Nüancen *alles* bedeuten. Und wie die Pharmazieen jetzt aus Flaschen und Büchsen bestehn, deren Inhalt unter lateinischem Namen verschrieben wird, so werden die Rezepte der Zukunft lauten: drei Wochen Lofoden, sechs Wochen Engadin, drei Monate Wüste Sahara. Auch die Malaria-Gegenden werden tageweis eingegeben werden, wie man jetzt Arsenik oder Strychnin eingibt. Die große Wirkung der Luftmedizin liegt in ihrer Perpetuierlichkeit, – man kommt aus dem Heilmittel bei Tag und Nacht nicht heraus.

… auch Ozon kann vernichten, wie jedes Zuviel.

Sechzehn Wochen Einsamkeit und Schnitzel ist nicht auszuhalten.

… Luft und Bewegung sind die eigentlichen Geheimen Sanitäts-Räte, und an denen, die sich so nennen, ist *das* das Beste, dass sie dies mehr und mehr einzusehen beginnen.

Ich bin immer, auch im Leben, für Ruhepunkte; Parks ohne Bänke können mir gestohlen werden.

… spazieren zu sitzen, ist ein Genuss …

… mäßiges Glück, mäßige Kur, wunderbares Glück, wunderbare Kur.

Heiterkeit ist der Herold der Gesundheit.

Gram embelliert nicht.

Glück stärkt.

III

Das Trauerzeremoniell für Freitag

... Todesangst ist Todesangst, auch wenn man mal leben bleibt.

... wer bereits mit dem Rasiermesser vor dem Spiegel steht, um sich den Hals abzuschneiden, *den* zu erdolchen wäre überflüssig.

Heute Nachmittag hat sich unser nächster Hubertusbader Nachbar Dr. Jahn erschossen. Du entsinnst Dich des »verwunschenen Schlosses« im Walde, mit wildem Wein und Papagei-Volière, – es sah aus, als ob Frieden und Poesie ihr Heim darin haben müssten. Und wie war es? Welche furchtbaren Dinge haben sich seit Jahren darin abgespielt? Sie, die Frau, war reich; ihr erster Mann starb und bald nach dem Tode heiratete sie diesen Jahn, einen strammen Hauslehrer ihres einzigen Sohnes. Das ist nun zehn, zwölf Jahre her. Von seiner Frau Gelde kaufte er sich den Doktortitel, der Sohn kam in Pension, sie (bald elend werdend und viel älter als er) langte bald bei Morphium-Einspritzungen an, während er den Lebemann, den Süffel und den Lüderjahn spielte. So weit das Geld nicht fest gemacht war durch die Vormünder des Jungen, hat er alles verkriescht und sich in den letzten Wochen auch noch eine Scheidungsklage wegen Ehebruch zugezogen. Erfolgte die Scheidung, so war er ein Bettler. Er machte sich dies klar, hat diese ganze Nacht noch durchgekneipt und heute Nachmittag der Tragikomödie ein Ende gemacht. [...] Wenn ich etwas ganz in Rosen und Vergissmeinnicht liegen sehe, wird mir schon immer angst und bange. Da doch lieber niedrige Stuben und einen schiefgebauten Ofen.

Die Menschen quälen sich ein Lebelang, um im letzten Augenblick oder wenn der Tod sie auch nur streift, die Nichtigkeit all des von ihnen Erstrebten zu empfinden. Hier liegt eine ergaunerte Million neben mir und ein Schluck kaltes Wasser ist mir vielleicht unendlich viel mehr. Nichts hat Bedeutung und auch wieder alles; Großes, Kleines, sehr vage Begriffe.

Viele Tränen darf man nicht verlangen, sind auch nicht nötig, aber doch ein paar. Drei Leser, wenn man ein Buch geschrieben hat, und drei Tränen, wenn man stirbt.

Ein Tod kann unsterblicher sein als ein ganzes Leben.

… die Toten sind tot, und der »Lebende hat recht«.

Unter den Seinen sterben, ist besser als einsam leben.

… man kann den Tod eines geliebten Menschen tief und innig beklagen und doch in Hoffnung und selbst in Heiterkeit weiter leben.

… wo der Tod nicht trennt, trennt das Leben.

Wir lassen uns von den Leuten […] mehr gefallen, wenn sie 200 Jahre und drüber im Grabe ruhn.

Die besten Gardebataillone der Menschheit sind die Toten, die, biographisch wiederbelebt, unter uns wandeln. Es sind nicht Schemen. Umgekehrt, sie haben den wahren Lebensodem.

… an ihren Göttern erkennt man die Menschen …

… der Weg zu den großen Pilgerstätten hat noch immer durch die Wüste geführt.

Es gibt *hülfebereite* Menschen, die, nach einem gewissen Freimaurer-Rezept, drei Viertel Eitelkeit und Wichtigtuerei, ein Viertel Pflichtgefühl und Mitleid, ihren Mitmenschen Gutes tun; aber *liebevolle* Men-

Jenseits
Zeichnung von Olaf Gulbransson zu
Theodor Fontanes 100. Geburtstag 1919

schen, die, weit über ihren Armentaler und den abgelegten Überzieher hinaus, sich des Glückes ihrer Mitmenschen neidlos freuen können, *solche* gibt es nicht. Unter Zehntausenden immer einer. Und dann ist es in der *katholischen* Welt. Der norddeutsche pauvre Protestantismus hat bloß den Neid groß gefüttert.

Die Frommen kochen auch mit Wasser.

... auch die Frommen atmen gern Hofluft, oder wenigstens zuweilen.

Auch die Frommen sind von Äußerlichkeiten viel mehr abhängig, als sie zugeben wollen, und ihr mangelndes ästhetisches Urteil lässt sie nicht einmal zwischen ihren eigenen Leuten richtig unterscheiden. Sehr fromm, das ist die erste Bedingung. Aber ist diese Bedingung erfüllt, so steht ihnen ein frommer Sacher-Masoch höher als ein frommer Goethe.

All den großen Sätzen in der Bergpredigt haftet zwar etwas Philiströses an, aber wenn ihre Weisheit richtig geübt wird, d.h. nicht in Feigheit, sondern in stillem Mut, so sind sie doch das einzig Wahre, und die ganze Größe des Christentums steckt in den paar Aussprüchen. Man begreift dann Omar, als er die alexandrinische Bibliothek verbrannte: »Steht es *nicht* im Koran, so ist es schädlich, steht es im Koran, so ist es überflüssig.« Das ist das Resultat, wenn man lange gelebt hat: alles was da ist, kann verbrannt werden, wenn nur zehn oder zwölf Sätze, in denen die Menschenordnung liegt (nicht die *Welt*ordnung, von der wir gar nichts wissen) übrigbleiben. Es ist auch recht gut so; nur für einen Schriftsteller, der vom Sätzebau lebt, hat es etwas Niederdrückendes.

»Nur der Irrtum ist das Leben etc.« Im reinen Licht verbrennt alles. Es wird einem in der Jugend immer gepredigt, man solle seine Phantasie nicht ausschweifend wirtschaften lassen, und der Satz ist gut und richtig; aber was noch richtiger ist, ist das: »Man hüte sich vor Gefühlssezierungen andrer, vor dem ewigen Suchen nach dem eigentlichen Motiv, vor Betrachtung alles Irdischen im ›reinen Licht‹.« Erstlich kriegt man's doch nicht 'raus, hinter dem Letzten liegt immer noch wieder ein Allerletztes; aber *wenn* man's nun auch herausgekriegt hätte, was hat man davon? entweder Überheblichkeit, wenn man die Untersuchung am eignen lieben Ich vorbeigehen lässt oder Deprimiertheit und Katzenjammer, wenn man dahinter kommt: »Ja, so bist Du nun auch.« Ohne ein gewisses Quantum von »Mumpitz« geht es nicht. Als ich jung war, hieß es in der Chemie: »Wir berechnen alles nach Atomen; diese Atome sind etwas ganz Willkürliches, sie sind ein Einfall, wir haben sie uns erfunden, aber wir müssen sie haben, um unsre Rechnungen machen zu können; und sonderbar mit Hilfe dieser chimärischen Grundlage stimmt alles.« So ist es auch in der moralischen Welt. Professor Möller (dämlicher Bildhauer) sagte zu Friedrich Eggers; »Wenn da noch was fehlt, nehme ich wahrscheinlich Glaube, Liebe, Hoffnung.« Wie oft ist mir das eingefallen! Immer wird ein bisschen Glaube, Liebe, Hoffnung genommen wie aus dem Bausteinkasten der Kinder. Von wirklichem Glauben und wirklicher Liebe ist mir noch nichts vor die Klinge gekommen, zu dem ich auch nur ein halbes Vertrauen gehabt hätte. Schopenhauer hat ganz Recht: »Das Beste, was wir haben, ist Mitleid.« Mitleid ist auch vielfach ganz echt. Aber mit all den andern Gefühlen sieht es windig aus. Trotzdem brauchen wir sie, brauchen den Glauben daran, wir dürfen sie nicht leugnen, einmal weil sich sonderbare Reste davon immer wieder vorfinden; und selbst, wo gar nichts ist, müssen wir dies Nichts nicht sehen wollen; wer sein Auge immer auf dies Nichts richtet, der versteinert. Die Wahrheit ist der Tod.

Der Mensch ist eine Bestie und seiner Niedertracht muss mit Mitteln aus demselben Arsenal begegnet werden. Vielleicht, ich sage vielleicht – denn sicher bin ich der Sache auch nicht – vielleicht dass mit lauterster, reinster Liebe der Teufel zu bezwingen wäre; aber diese lauterste, reinste Liebe gibt es nicht, es liegt in der Natur des Menschen, dass sich dies Lauterste und Reinste beständig verzerrt, in dieser Verzerrung unecht wird (mitunter unbewusst) und in dieser Unechtheit mehr Elend stiftet, tiefer durch Blut watet, als die naive, von allen Hoheitsbestrebungen unangekränkelte Sündhaftigkeit. Die Geschichte weist viele Epochen auf, wo man Gott, Gerechtigkeit und Liebe, besonders den »Gott der Liebe« ganz ernsthaft hat durchsetzen wollen. Die Haare sträuben sich einem aber, wenn man davon liest. Wie wurde vor jetzt gerade 1000 Jahren das Christentum bei uns inszeniert! Im Wesentlichen ehrlich, aber doch furchtbar. Am reinsten erkennt man das Missliche der Sache bei Betrachtung des Puritanertums, das sich ganz auf hohen und höchsten Anschauungen des alten Testaments aufbaute. Dass man dem König den Kopf 'runterschlug, war eine Kleinigkeit; aber schon nach 20 Jahren, hatte dies Regieren »zu Ehren Gottes« und »nach dem Worte Gottes« derart abgewirtschaftet, dass man froh war, die alte Stuartsche Sündenwirtschaft mit Pauken und Trompeten wieder einziehen zu sehn. Das lag an zweierlei: daran, dass die Menschheit, ihrer Natur nach, ihren Fusel weiter trinken will, und zweitens daran, dass die, die den Antifusel predigen, über kurz oder lang selber in irgend einem Fusel drin stecken. Ein Anderswerden ist nicht unmöglich, aber nach den, wie's scheint, sich immer gleichbleibenden seelischen Mischungsverhältnissen, höchst unwahrscheinlich. Die Jeremiasse haben die Fahne hoch zu halten; aber die Alltagsarbeit haben die Bismarcke zu tun, kluge Leute, die vor nichts erschrecken.

… in der Politik gewiss, und in Religion und Moral ist alles Phrase. Früher statuierte ich Ausnahmen; jetzt kaum noch.

Übrigens käme die Wahrsagerei wieder in Mode, was auch gut und erklärlich sei, denn je freier der Mensch werde, desto nötiger werd ihm der Hokuspokus.

Ich finde es bloß anmaßlich, wenn ein Schusterssohn aus Herrnhut 400 Millionen Chinesen bekehren will.

Das Gespräch kam nicht weiter, weil in eben diesem Augenblick mächtige Turmuhrschläge vom Städtchen Wutz her herüberklangen. Man hielt an, und jeder zählte ›Vier‹. Kaum aber hatte die Uhr ausgeschlagen, so begann eine zweite und tat auch ihre vier Schläge.

»Das ist die Klosteruhr«, sagte Czako.

»Warum?«

»Weil sie nachschlägt; alle Klosteruhren gehen nach.«

In der feierlichen Einpöklung von allem möglichen Alten, das absterbende Dogma obenan, seh ich nicht Rettung, sondern Untergang und gewiss unter Gelächter. Meinetwegen Höllengelächter.

Ganz ganz allgemein aufgestellt sind unerfüllbare Sätze wie »liebet eure Feinde« groß und segensreich. Denn der Einzelne kann sich daran in den Himmel hineinstrampeln. Und ich bewundre es dann. Aber sowie das praktische Leben für den Alltagsgebrauch danach eingerichtet werden soll, geraten wir in die Nesseln und schreien au.

Lamm-Frommheit ist schön, Schaf-Frommheit ist schlimm.

Feiert ein Pastor sein 50jähriges Jubiläum, so kriegt auch der dummste den roten Adlerorden 4. Klasse. Wenn etwas aufhört oder nicht mehr lange dauern kann, wird die Welt wieder gnädig.

Gute Predigten hört man nur noch in Nestern.

… von *den* Geboten, die auf das 6. und 7. folgen, wird in der Regel nicht viel gemacht, aber da gerade fängt der Jammer erst an. Es sind das die Gebote, die sich mit dem Feineren, mit der Gesinnung des Menschen befassen.

Das Bedenkliche am Christentum ist, dass es beständig Dinge fordert, die keiner leisten kann; und wenn es mal einer leistet, dann wird einem erst recht angst und bange, und man kriegt ein Grauen vor einem Sieg, der besser nicht erfochten wäre.

... fromme, brave Prinzipienreiter sind dem Volke allemal odiös und mit Recht. Es sind immer unerquickliche Erscheinungen, selbst da noch, wo sie uns mit Achtung erfüllen, ein Fall, der sehr selten vorkommt.

Kein vernünftiger Mensch wird was gegen Religion haben, wenn er persönlich auch nicht mitmacht. Glaubt meinetwegen, dass die Balken brechen; ich habe zwar noch nicht gesehn, dass viel dabei herauskommt, aber wenn es ehrlich ist, geb ich dem Gläubigen seine Ehre.

Man verlangt von den Ärzten, den Geistlichen, den Juristen zu viel; in 9 Fällen von 10 und bei den Geistlichen in 999 Fällen von 1000 weiß keiner was. Wo soll es auch herkommen!

Alles Operieren mit Unendlichkeit und Unsterblichkeit ist bedenklich; es ist unglaublich, welche »Umwertungen« sich oft schon in einem lumpigen halben Jahrhundert vollziehn.

Wenn dritthalb tausend Jahre nichts geändert haben, wo soll da die Ändrung herkommen. Ich glaube, das ist so von Anfang an entschieden: das Glücks- und Leidensmaß bleibt dasselbe, das Sündenmaß bleibt dasselbe, und das Maß von Anstrengung, das Sündenmaß zu verkleinern, bleibt auch dasselbe.

Gute Sitte, Religion, Takt, alles umsonst; der Mensch bleibt, wie er ist.

Die ganze Welt – das ist die Macht des Überkommenen – steckt in dem Vorurteil, dass der Glauben etwas Hohes und der Unglauben etwas Niederes sei. Wer sich zu Gott und zur Unsterblichkeit seiner eignen werten Seele bekennt, ist ein »Edelster« oder dergleichen, wer da nicht mitmacht, ist ein Lump [...]. Mit diesem furchtbaren Unsinn muss gebrochen werden. Ich persönlich kenne keinen Menschen, habe auch nie einen gekannt, der den Eindruck eines Vollgläubigen auf mich gemacht hätte. 99 stehen ebenso, der Hundertste möchte es bestreiten, kommt aber nicht weit damit. So steht es wirklich. Und dabei Forderungen an unser Gemüt, als lebten wir noch zur Zeit der Kreuzzüge. Läuft es so still hin, so schadet es nichts, kommen aber die Provokationen, an denen kein Mangel ist, so haben wir als Antwort darauf, Panizza.

Unser Publikum müsste endlich lernen, dass der Unglauben auch seine Helden und Märtyrer hat.

IV

Am Skat- und Biertisch des Lebens

Viele Wahrheiten sind trostlos, aber dennoch bleiben es Wahrheiten …

Die Lügerei der Menschen, auch derer, die etwas von den Dingen zu verstehn vermeinen oder auch meinetwegen wirklich verstehn, ekelt mich an. Nichts ist rarer als innerliche Freiheit den Erscheinungen des Lebens und der Kunst gegenüber, und der Mut eine selbstständig gehabte Empfindung auch auszusprechen. Und doch wäre selbst das Dummste immer noch besser als das Unwahre, aus Furcht oder Eitelkeit Nachgepapelte.

… zuletzt wollen alle Menschen ihre Namen in der Zeitung sehn.

… im Tiefsten wurzelnde Eigenschaften legt man nicht ab wie alte Handschuhe.

Schwatzen ist nicht immer ein Beweis mangelnder Kapazitäten.

… unsre Wahl ist oft nur Zwang …

Immer nachgiebig sein, immer Sorgen und Ärgernisse lächelnd überwinden, das leistet niemand.

… wie frei man in einer großen Stadt und wie jämmerlich unfrei man in kleinen Nestern lebt. Dabei sind die Menschen keineswegs besser, im Gegenteil. Nur das »Decorum« spielt eine große Rolle. Sei so dreckig, wie Du willst, wenn nur das Vorhemde blank und das Beinkleid zugeknöpft ist. Das Letztre ist, glaub ich, die Hauptsache.

Idealzustände können nicht länger dauern, als 3 mal 24 Stunden.

Gleichgültigkeit, Besserwissen und Neid sind die drei Grazien, die […] das Leben jedes Strebenden […] begleiten …

Mit bloßem Charakter ist auch nicht viel zu machen, oder doch höchstens Feiertags; Alltags verlangt man ein bisschen Esprit.

Jeder hat Wünsche und wenn diese Wünsche mit Pflichten in Konflikt kommen, so kuckt man sich die Pflichten noch mal an und findet, wenn es irgend geht, dass es damit so bindend und pressant nicht liegt, und dass die Wünsche auch wieder eine Pflicht-Erfüllung in sich schließen.

Es ist bekannt, dass, wenn man bei allen Heiligen schwört: »Nie einen Kümmel mehr«, man sich am andern Tage in Nordhäuser Korn betrinkt. Junge Spröden, die alles hassen, was fünftehalb Haare unter der Nase hat, verloben sich an demselben Tage, wo sie ihren Hass vor versammeltem Volk ausgesprochen haben, und wer sich rühmt, nie ein Glas zerschlagen zu haben, stolpert sicherlich zwei Stunden später in einen Wandspiegel.

… mit Dingen, die man nicht beweisen kann, muss man nicht heraustreten. Man blamiert sich nur und schafft eine »gekränkte Unschuld«.

Die Einsamkeit tut weh, aber doch nicht *so* weh wie falsche Geselligkeit. Es ist wie mit der Ehe. Keine Frau ist schlimm, aber immer noch besser als eine schlechte.

Zum Glück balanziert der Himmel alles, und die Blinden sehen mit ihren Fingerspitzen.

… umsonst ist nichts und alle Befreiungskriege fordern Opfer.

… je länger der Strom gestaut wird, desto brausender stürzt er in die Tiefe.

Die Götter […] lieben kein Vabanque-Spiel, aber sie lieben den noch weniger, der sich mit seinem Gulden ängstlich-gierig um den Spieltisch herumdrückt und nicht weiß, ob er setzen soll oder nicht.

… das sehr Gewünschte versagen einem oft die neidischen Götter.

Wer nicht persönlich zugegen ist, kommt immer zu kurz.

… man kann nicht immer seinen Sentiments gehorchen, auch seinen besten nicht.

Der innere Mensch bildet den äußren, aber noch viel mehr der äußre Mensch den innren.

Man ist ewig das Opfer seiner eignen Eitelkeiten.

… der Ehrgeiz ist ein großer Versucher.

Was mir wieder auffällt, ist, dass das Pech nie als Einzelfrucht, sondern immer traubenförmig auftritt, immer Mitrailleusenschuss.

Die Dankesgeneigtheit dauert in der Regel nur so lange wie der Genuss …

Wenn man um Wochen zu spät kommt, kann man schließlich auch noch um einen Tag nachhumpeln …

… die Kunst des Lebens, genau wie in der Politik, ist die, *recht viele Eisen im Feuer zu haben*, versagt das eine den Dienst, so nimmt man ein andres; es ist immer gefährlich, alles auf *eine* Karte zu stellen. Bei sieben Karten mit mäßigem Einsatz wird man nie das Höchste erreichen, aber in der Regel auch nicht dem Niedrigsten verfallen.

Auch das Törichte kann einen pittoresken Zauber haben.

Stolz, Selbstgefühl, hoher Ehrbegriff, Noblesse – das sind alles wunderbar schöne Sachen, aber schon ein bisschen zu viel davon ist ein Unglück und lächerlich dazu.

Alle Weisheit ist nur so lange weise, bis sie widerlegt wird.

Durch zu viel entwertet man sich.

Wie klein sind oft die Unterschiede.

Thomas Mann liest Fontanes
Briefe an Georg Friedlaender
Fotografie 1954

Ein entzückender Ball hört nicht auf entzückend zu sein, wenn einem einmal auf den Fuß getreten wird.

Böser Fleiß verdirbt gute Sitten.

… das Gute, das man hat, nimmt man als selbstverständlich hin, und von dem, was einem fehlt, macht man mehr, als man bei richtigerer und dankbarerer Betrachtung daraus machen sollte.

… wer nicht seiner Natur nach auf Kampf gestellt ist, muss allen Streit und alle Konflikte fliehn, sonst wird er unglücklich.

Versprechen – und Versprochnes halten –
Ist mir noch immer zweierlei.

… ich bin alt genug, um zu wissen, dass man den Bogen nie überspannen darf. Er bricht dann nicht bloß, der Schütze kriegt auch noch persönlich einen Knax weg. Und das ist immer sehr fatal.

Die Talente sind oft gar nicht so ungleich, im Fleiß und Charakter liegen die Unterschiede.

Wenn sich schon überhaupt ohne eine gewisse Diplomatie nicht leben lässt, so am wenigsten ohne Haus- und Familien-Diplomatie.

Das Langweiligste von der Welt ist bekanntlich die reine, weiße, durch nichts gefärbte Vorzüglichkeit.

... eine halbe Stunde lang in einen und denselben Kuckkasten sehn, ist sehr lange.

Ein jeder Mensch erobert sich nach oben oder unten zu eine bestimmte Stellung, und wer 5 Grad über Null steht, darf ärgerlich sein, wenn er auf 5 Grad unter Null hin behandelt wird.

... es liegt in der Eigenwilligkeit der menschlichen Natur, das Glück wie ein natürliches Resultat eignen Tuns und Könnens anzusehn ...

Verstimmte Sinne verlieren die Aufnahmekraft ...

... man kann nicht gegen seine innerste Natur und in jedes Menschen Herz gibt es ein Etwas, das sich, wo es mal Abneigung empfindet, weder beschwichtigen noch überwinden lässt.

... in eigner Sache hat man immer viel zu sagen.

Die Natur ist stärker als die Vorsätze.

Wie leicht ist man doch zu fangen! Und die Catone am ehsten.

Es gibt eben nicht weniger als nichts.

… ein volles Behagen ist selten und kommt meist extra und wie von ungefähr; wo man drauf wartet, bleibt es fast immer aus.

Wenn man sich nicht mehr sieht, werden einem selbst die Wünsche des andern ein Geheimnis.

Wer gern tanzt, dem ist leicht gepfiffen.

Verve ist immer die Hauptsache, wiewohl mich das Leben und die Ehe gelehrt haben, dass sie fast immer deplaziert ist.

Wer um drei Pferdelängen zurückbleibt, neidet. Wer gar nicht startet, hat überwunden.

Wildlingschaft erobert ganz anders als Wohlerzogenheit.

Gemütlichkeit ist gut, aber es darf nicht zu vielwerden.

Ich bin nicht für Kraftmeierei, aber wenn sich Kraft so ganz natürlich gibt, dann ist sie doch was Herrliches und macht das Leben erst recht eigentlich zum Leben.

Gelobtwerden ist immer gut, aber den Ausschlag gibt doch das »wie«.

… auch *zwei* Schwalben machen noch keinen Sommer.

Etwas, weil wir Menschen sind, fehlt immer.

… in der Jugend ist alles hübsch, auch: der Deibel.

… was an einem Menschen degoutant ist, kann an einem Teufel relativ angenehm und kleidsam sein. Dafür ist er Teufel.

Leichtes Leben verdirbt die Sitten, aber die Tugendkomödie verdirbt den ganzen Menschen.

Man hat nicht immer Glück.

… *en vue* ist immer schlimmer als *fait accompli.*

Sonderbar […]; es heißt immer, der Apfel fällt nicht weit vom Stamm. Aber mitunter tut er's doch. Alle

Naturgesetze schwanken heutzutage. Die Wissenschaft setzt ihnen zu arg zu.

Der Apfel fällt nicht weit vom Stamm. Aber auch umgekehrt: wenn ich den Apfel kenne, kenn' ich auch den Stamm …

Ein Hase darf nicht hasig schmecken.

… die Dinge an sich sind gleichgültig. Alles Erlebte wird erst was durch den, der es erlebt.

… seit wir die Eisenbahnen haben, laufen die Pferde schlechter.

An der guten Laune unserer Umgebung hängt unser Lebensglück …

Es gibt so viele Menschen, die haben einen natürlichen Hass gegen alles, was liebenswürdig ist, weil sie selber unliebenswürdig sind.

… Zelebritäten, die zehn Jahre gedauert haben, sind keine mehr …

Unsere Prinzipien dauern gerade so lang, bis sie mit unsern Leidenschaften oder Eitelkeiten in Konflikt geraten, und ziehen dann jedesmal den kürzeren.

Lob, aus dem man zugleich berechnende Vorsicht und die beständige Angst vor einem auch nur kleinsten Zweifel herauswittert, macht einen tristen Eindruck.

Hundert Nadelstiche regen mehr auf als ein Kolbenstoß.

Es gibt keine verbreitete Schönheit. Schönheit ist immer rar.

… reumütiges Bekenntnis ist immer die beste Politik …

In der Regel wirkt […] ein Gran Bedenken gerade so schwer wie ein Zentner Tadel, ja, der Gran, wie ein feines Gift, geht ins Blut, während die grobe Masse einfach wieder ausgestoßen wird.

… wenn man älter wird, so lernt man eben einsehn, dass man von einem Menschen nicht alles verlangen kann und dass man zufrieden sein muss, wenn ein Weinstock Trauben trägt. In jüngren Jahren verlangt man auch noch Erd- und Himbeeren dazu, womöglich gleich mit Schlagsahne.

Kontenance bewahren, wenn einen, wie dies bei jeder Lotterie der Fall ist, der blinde Zufall im Stich lässt, ist nicht allzu schwer; aber auch *da* nicht Empfindlichkeit zeigen, wo man seinen Anspruch auf Sieg beinahe beweisen kann, das vermag nicht jeder.

Alle Dinge haben ihr Gesetz. Wer zu einer Parforcejagd geladen ist, muss in einem roten Frack kommen oder wegbleiben.

Wenn man glücklich ist, soll man nicht noch glücklicher sein wollen.

Alles hat sein Maß und wird nach diesem Maß gemessen. Und wer für die Garde Friedrich Wilhelms I. zu kurz befunden wurde, kann immer noch ein Riese sein.

Wovon man nichts versteht […], davon muss man fern bleiben.

Alle Macht ist ein Magnet …

Lange Beschäftigung mit einer Sache färbt ab.

… wo etwas, was einem wichtig ist, auf dem Spiele steht, muss man dabei sein, gleichviel ob man's kriegt oder nicht.

Wer übermütig hazardiert und zugleich für den nötigen Lärm sorgt, ist immer eine populäre Figur.

… wenn man sich so verschwindend klein fühlt, hat man nichts als Schändlichkeiten, um sich vor sich und andern zu behaupten.

Wer aus Friesack is, darf nicht Raoul heißen.

… nichts lähmt so wie Nicht-Erfolg.

Wo jeder Weiler ein Dorf vertritt, wird ein Dorf zur Residenz.

… geistreich-sein ist bloß gefährlich wie schön-sein und ruiniert den Charakter.

… jeder Köcher schießt sich schließlich leer …

Man *muss* Ärger aushalten können; wenn man es nicht kann, wenn man ihm überall aus dem Wege geht, so erreicht man nichts. Bei Frauen mag dies nur halb zutreffen oder noch weniger als halb, bei Männern ist es wichtig. Wer nicht zum Turniere kommt oder gleich nach dem ersten Anreiten erklärt »ich steche nicht weiter«, der kann auch den Kranz nicht gewinnen, den schließlich doch jeder gewinnen möchte. Wenigstens in der Jugend.

… wenn es gefährlich ist, zu flink zu sein, so ist es fast noch gefährlicher, zu lange zu warten.

… was furchtbar pressiert, ist selten was Gutes.

Kultivierung halber und Ausflickung zerrissener Verhältnisse ist das Törichtste was man tun kann.

… es ist nicht gut, Dinge halten zu wollen, die sich als unhaltbar bewiesen haben.

Es wird gehen, gleichviel, ob momentan die 6 oben liegt oder Null. Jeder Tag ist ein neues Würfelspiel, und die Zahlen und Werte wechseln.

V

Bühnenball war, Pressball ist am 1. oder 2. März

… denn »aus Gemeinem ist der Mensch gemacht« und der Literat zweimal.

Das Leben stellt vielfach andre Forderungen als die Kunst und Individuen wie Staaten gehen zu Grunde, die *dies* übersehn.

In Kunst und Leben immer dasselbe: Gefühllosigkeiten stehen höher als falsche Gefühle.

… die *große Tat* ist immer nur ein Kind der unbedingten Hingebung und wer zwischen Hass und Liebe, Glauben und Zweifel, Kunst und Handwerk, Poesie und Philisterium abwägt und hin und herschwankt, der kann nicht sterben wie Huß, nicht malen wie Raphael, nicht dichten wie Schiller; den ganzen Kranz erobert sich nur das Ganze.

Das Poetische […] hat immer recht; es wächst weit über das Historische hinaus.

Die Muse ist eine sehr spröde Dame, und es kostet viel Anstrengung, ihr auf den Leib zu rücken; den Saum ihres Kleides streifen, kann jeder.

… wer in der Kunst nicht das Höchste leistet, bleibt besser davon und klebt Tüten.

… eine schlechte Gesinnung macht zwar ein gutes Gedicht unmöglich, aber eine gute Gesinnung macht noch lange kein gutes Gedicht …

Sehr feine Schriftsteller, die jede Zeile, die sie schreiben, vor Gott und Menschen verantworten können, können nicht 60 oder 70 Bände schreiben …

Man faselt immer von dem »sich Bahnbrechen der Genies«; man lasse ein Genie hungern, und es verquint ebenso wie der erste beste Flickschneider.

Die Natur hat ihre Gesetze, denen schließlich alles unterliegt, auch das Genie.

… der Staat ist keine Züchtungs- und keine Versorgungsanstalt für verrückte Genies. *Ist* mal ein wirkliches darunter und geht doch zu Grunde, so ist das beklagenswert, aber keine Veranlassung zu Revolutionen.

Ernsthafte Talente […] müssen ernsthaft behandelt werden, falsche Größen nicht.

Wenn ich in den Vesuv falle, etwas angebraten wieder herauskomme, nachdem ich unten die Erde habe kochen hören, dann im Triumph nach Neapel geschafft und von einer Nonne und drei Engländerinnen gepflegt werde, so kann *das* jeder beschreiben, aber über »saure Gurken« und »warm sind sie noch« sich angenehm zu verbreiten, ist sehr schwer.

Das Meiste in der Welt ist Schwindel, und der ästhetische Schnickschnack schon ganz gewiss. Es kommt auf ganz andre Dinge an, was nur von halbgebildeten Schwabbelmeiers bestritten werden kann; wer *ernsthaft* in Kunst und Wissenschaft steht, weiß am besten, dass es mit der Phrase nicht getan ist, und dass Haus und Herd, Familie und Vermögen die Dinge sind, um die sich realiter die irdischen Interessen drehn. Und mit diesen Interessen auch das Glück. Denn was nicht interessiert, kann auch nicht glücklich machen.

… nächst den letzten Rednern, die dem »Radau« verfallen, hat der erste den schwersten Stand.

Es ist mit dem Sprechen-können wie mit dem Dichten, wie mit der Kunst überhaupt; wenn man's nicht ordentlich kann, so bleibe man davon, sonst verwandelt sich der Segen in Fluch.

In Anschauungen bin ich sehr tolerant, aber Kunst ist Kunst. Da versteh ich keinen Spaß. Wer nicht selber Künstler ist, dreht natürlich den Spieß um und betont Anschauung, Gesinnung, Tendenz.

… keine Kunst kann ersetzen, was einem von Grund aus fehlt.

Dichter sind gut, wenn sie eingebunden vor einem stehn, so lange sie im Bettlermantel schmuddlig, hungrig und dünkelhaft vor einem her stolzieren, können sie […] nicht konkurrieren.

Von den eigentlichen Berühmtheiten hat man bekanntlich gar nichts; sie halten Akademie-Reden und schreiben dicke Bücher, aber gesellschaftlich, von Mund zu Mund, sind sie tot.

Es ist selten, dass die Dichter der Vorstellung entsprechen, die wir uns von ihnen machen. Wir erwarten einen Olympier, einen Nektar- und Ambrosiamann, und sehen statt dessen einen Gourmand einen Putenbraten verzehren; wir erwarten Mitteilungen aus seiner geheimsten Zwiesprach mit den Göttern und hören ihn von seinem letzten Orden erzählen oder wohl gar die allergnädigsten Worte zitieren, die Serenissimus über das jüngste Kind seiner Muse geäußert hat. Vielleicht auch Serenissima, was immer das denkbar Albernste bedeutet.

… es gibt überhaupt wenige nette Dichter …

… Dichtung und Courtoisie leben von Übertreibungen …

Alles, was an Patriotismus oder gar Chauvinismus appelliert, taugt nichts in der Kunst. Es gibt von dieser Regel nur wenig Ausnahmen.

Alle Welt hält »dichten« für langweilige Quatscherei und mehr oder weniger ungehörige Beschäftigung, die man nur Kindern und Imbeciles verzeiht, und doch verlangt jeder Bourgeois, Philister und Staatshämorrhoidarius seinen Vers, wenn's ihm gerade passt.

… trockner Witz und trockner Humor, das existiert, […] aber trockne *Poesie* gibt es nicht.

Gedichtbücher dürfen nicht zu dick sein.

»Roman, Erzählung, Kriminalgeschichte. Jeder, der der großen Masse genügen will, muss ein Loch zurückstecken. Und wenn er das redlich getan hat, dann immer noch eins. Es gibt eine Normalnovelle. Etwa so: tiefverschuldeter adeliger Assessor und ›Sommerleutnant‹ liebt Gouvernante von stupender Tugend, so stupende, dass sie, wenn geprüft, selbst auf diesem schwierigsten aller Gebiete bestehen würde. Plötzlich aber ist ein alter Onkel da, der den halb entgleisten Neffen an eine reiche Cousine standesgemäß zu verheiraten wünscht. Höhe der Situation! Drohendster Konflikt. Aber in diesem bedrängten Moment entsagt die Cousine nicht nur, sondern vermacht ihrer Rivalin auch ihr Gesamtvermögen. Und wenn sie nicht gestorben sind, so leben sie heute noch … Ja, Herr von Szilagy, wollen Sie damit konkurrieren?«

Alles stimmte zu; nur Baron Planta meinte: »Doktor Pusch, pardon, aber ich glaube beinah, Sie übertreiben. Und Sie wissen es auch.«

Pusch lachte: »Wenn man etwas derart sagt, übertreibt man immer. Wer ängstlich abwägt, sagt gar nichts. Nur die scharfe Zeichnung, die schon die Karikatur streift, macht eine Wirkung. Glauben Sie, dass Peter von Amiens den ersten Kreuzzug zusammen getrommelt hätte, wenn er so etwa bei Erdbeerpflücken einem Freunde mitgeteilt hätte, das Grab Christi sei vernachlässigt und es müsse für ein Gitter gesorgt werden?!«

»Sehr gutt, sehr gutt.«

»Und so auch, meine Herren, wenn ich von moderner Literatur spreche. Herr von Szilagy […] soll aufgerichtet, seine Seele soll mit neuem Vertrauen erfüllt werden. Oder aber mit Heiterkeit, was noch besser ist. Er soll wieder lachen können. Und wenn man solche Wirkung erzielen will, ja, dann muss man eben deutlich und zugleich etwas phantastisch sprechen. Indessen auch ernsthaft angesehen, wie steht es denn mit der Herstellung – ich vermeide mit Vorbedacht das Wort ›Schöpfung‹ – oder gar mit dem Verschleiß der meisten dieser Dinge! Lassen Sie mich in einem Bilde sprechen. Da haben wir jetzt in unsern Blumenläden allerlei Kränze, voran den aus Eichenlaub und Lorbeer bestehenden und meist noch behufs besserer Dauerhaftigkeit auf eine herzhafte Weidenrute geflochtenen Urkranz. Und nun treten Sie, je nach der Situation, an die sich Ihnen mit betrübter oder auch mit lächelnder Miene nähernde Kranzbinderin heran, um zu Begräbnis oder Trauung Ihre Bestellung zu machen, zu drei Mark oder zu fünf oder zu zehn. Und genau dieser Bestellung entsprechend, werden in den vorgeschilderten Urkranz etliche Georginen oder Teichrosen eingebunden und bei stattgehabter Höchstbewilligung sogar eine Orchidee von ganz unglaublicher Form und Farbe.«

»Kenn die Orchidee«, rief Wrschowitz in höchster Ekstase, »lila mit gelb.«

Pusch nickte, zugleich in steigendem Übermut fortfahrend: »Und genau so mit der Urnovelle. Die liegt fertig da wie der Urkranz; nichts fehlt, als der Aufputz, der nunmehr freundschaftlich verabredet wird. Bei Höchstbewilligung wird ein Verstoß gegen die Sittlichkeit eingeflochten. Das ist dann die große Orchidee, lila mit gelb, wie Freund Wrschowitz sehr richtig hervorgehoben hat.«

»Unter diesen Umständen«, bemerkte hier Baron Planta, »will es mir als ein wahres Glück erscheinen, dass Herr von Szilagy, wie ich höre, mehrere Eisen im Feuer hat. Was ihm die Novellistik schuldig bleibt, muss ihm die Malerei bringen.«

… wenn der Mensch zu gar nichts mehr zu brauchen ist, dichtet er und schreibt Novellen. Die Künste sind das Höchste, aber auch das Niedrigste …

… jeder Hochstapler ist novellistisch angesehn ein Gott.

Wenn »Kürze die Seele des Witzes« ist, so ist Kürze auch die Seele des Schrecks, des Schauders, des Gespenstischen; wird einem zuviel davon vorgesetzt, so schlägt – im Leben oft, in der Kunst *immer* – der ganze Gruseligkeitsapparat in sein Gegenteil um.

… es verlohnte sich vielleicht darüber nachzudenken, woher es kommt, dass die reine Kunst der Darstellung, auf den, der ein Gefühl dafür hat, eine ähnliche Wirkung übt wie das Packende, das Sensationelle. Der geistige Mensch kann gerade so gekitzelt werden wie der sinnliche. Sehr gut kann man es am Witz zeigen. Ein scharfgeschliffener und brillant vorgetragener Witz nimmt mich ganz so gefangen wie 'ne Mordgeschichte; – auch vor Vergnügen können einem die Haare zu Berge stehn.

Die Könner werden es nicht wollen, und die Woller werden es nicht recht können.

Nicht die Richtung ist es, die uns verdrießt, nur das niedrige Kunstmaß innerhalb derselben …

… alte oder neue Manier ist ganz gleichgültig, wenn nur der richtige Mann sich an die Sache heran macht.

Schiffskapitäne, Lebemänner, Geistliche, die viel auf dem Kerbholz haben, Abenteurer, alte Kriegsgurgeln, – *die* können sich am Ende ihrer Tage hinsetzen und völlig naiv wundervolle Bücher schreiben, Professoren aber, die alles sind, nur nicht naiv, die können es nie.

Nicht alles, was sich für »realistisch« gibt, ist realistisch; es gibt auch eine realistische Phrase, so gewiss es eine romantische Realität gibt. Es gibt für mich überhaupt keine andren Richtungen als die von gut und schlecht, von Talent und Nicht-Talent.

Alle Kunst belauscht man am besten in ihren ruhigen Momenten; geht der Lärm erst los, so ist es selbst für das geübteste Ohr sehr schwer, Echtes und Unechtes zu unterscheiden.

Die Bühne ist kein Schauplatz für Nüanzierungen. Sie ist der Schauplatz für Gegensätze. Nur diese schaffen Orientierung, Klarheit. Nüanzierungen sind der Stolz des Romans, im Drama sind sie der Ruin.

Ich kann mich für Lutherfestspiele nicht interessieren.

Ritterstücke sind immer langweilig …

Frau Möhrings Reflexionen über eine Aufführung von Schillers »Die Räuber«:

»Ach, Thilde, es war ja doch so graulich. Der alte Mann. Und wie er aussah, wie er da rauskam und der andre gleich rin. Na, da fiel mir'n Stein vom

Herzen. Wenn ich mir denke, dass so einer noch frei rumliefe …«

»Das kann er ja gar nich, Mutter; es ist ja schon so lange her. Und dann is es ja doch auch bloß so was Ausgedachtes. Du denkst immer, es ist wirklich so.«

»Ja, Kind, warum soll ich so was nich denken. Es gibt so viele schlechte Menschen …«

»Ja, ja erzähle nur nich die Geschichte von dem Kürschnermeister in Treptow; ich weiß ja, dass er seine Frau mit'm Marderpelz erstickt hat. Aber es gibt auch gute Menschen.«

[…]

Danach waren sie zu Bett gegangen und lagen auch still und sprachen nicht. Aber von Schlafen war keine Rede. […] die Alte war immer noch bei dem Stück. Es schlug schon eins, als sie sich aufrichtete und leise sagte: »Thilde, schläfst du schon?«

»Nein, Mutter.«

»Das ist gut, Kind. Mir ist so angst. Ob es von dem Tee is? Aber ich habe solch Herzschlagen und sehe immer den alten Mann …«

»Ach lass doch den alten Mann, Mutter. Der schläft nun schon zwei Stunden, und du musst auch schlafen.«

»Und das einzige is, dass Rotkopf …«

»Ja, der hat nu seinen Denkzettel.«

»Und was wohl aus dem armen Wurm, dem Fräulein, geworden ist? Wie hieß sie doch?«

»Amalie.«

»Richtig, Amalie. Ja, die is doch nu so gut wie eine Waise. Denn wenn sie den Alten auch wieder rausgeholt haben. Lange kann er's doch nicht mehr machen.«

»Nein, das kann er nicht, Mutter. Aber jetzt werde ich dir ein Glas Wasser holen, und dann legst du dich auf die andre Seite.«

»Na ja, ich werde bis hundert zählen.«

Der *Bombast* ist untrennbar von der Trivialität; es sind die siamesischen Zwillinge in der Kunst.

Unsrem Publikum gegenüber muss alles mit dem Pedal gespielt werden.

… wie stark in manchen Menschen der Nachahmungstrieb entwickelt ist. Für die Kunst ist solche Erscheinung ein Unglück und sorgt dafür, dass das niedrige Niveau noch tiefer herabgedrückt wird.

Das Publikum verlangt nicht einen saubren, geschmackvollen Kranz, sondern ein Feuerlilienbouquet, das man ihm derart unter die Nase stößt, dass es niesen muss.

Die am sinnigsten herausgediftelten Finessen fallen immer in den Brunnen, …

Publikum

Das Publikum ist eine einfache Frau,
Bourgeoishaft, eitel und wichtig,
Und folgt man, wenn sie spricht, genau,
So spricht sie nicht mal richtig.

Eine einfache Frau, doch rosig und frisch,
Und ihre Juwelen blitzen,
Und sie lacht und führt einen guten Tisch,
Und es möchte sie jeder besitzen.

Der berühmte Satz »Kunst sei für alle« ist grundfalsch; Kunst ist umgekehrt für sehr wenige und mitunter ist mir, als ob es immer weniger würden. Nur das Beefsteak, dem sich leicht folgen lässt, ist in einer steten Machtsteigerung begriffen.

… Bücher müssen im Stillen erobern, von Haus zu Haus; was die Zeitungen tun, ist flüchtig.

… Berühmtheit ist ein Zeitungsresultat.

Zeitungsblätter haben an dem Tage ihres Erscheinens den allerniedrigsten Kurs, aber nach einem halben Jahr schon sind sie eine Rarität.

Der Tag gehört der Phrase, die Zukunft dem Wort.

Es gibt keine gröberen Despoten als Redakteure …

… auch das Paschatum eines Chefredakteurs muss seine Grenzen haben.

Redaktionen vertreten nämlich, nach meinen Erfahrungen, immer den höchsten Grad von Nüchternheit, und ihnen zu gefallen, ist das Höchste, was der Schriftsteller erreichen kann.

Es ist nichts, wenn man um der Freundschaft willen alles loben muss; Kritiker müssten allemal Einsiedler sein.

… der Kritiker ist auch ein Mensch.

Alle Kunst ist schwer, und wer sie beurteilen will, muss durchaus die Teilnahme und den Respekt mitbringen, die aller ehrlichen Arbeit gebühren.

Kritik ist Kritik, und mir wird auch nichts geschenkt.

Ich gehöre keineswegs zu denen, die der Kritik den Mund stopfen wollen; aber die Kritik muss klug und bescheiden geübt werden und muss sich bei jedem Wort *ihrer Grenzen bewusst bleiben*. Wer eine Kunst nicht selber übt, hat sein Lob und seinen Tadel an bestimmter Stelle schweigen zu lassen, nämlich da, wo das mangelnde Können auch sein Wissen lahm legt.

Die Kunst, schlechte Stücke schlecht zu finden, und es doch *so* zu sagen, dass der Getroffene sich geschmeichelt fühlt, die Kunst wird nie gelernt werden.

… nichts ist seltner als eine Kritik, die nicht mit der Linken wieder nimmt, was sie mit der Rechten gab.

Die Kritiken sind alle wie von Verbrechern geschrieben, die nur immer auf der Hut sind, vor Gericht nichts zu sagen, was gegen sie gedeutet werden kann.

Eine Kritik noch wieder zu kritisieren, ist geschmacklos …

… eine Kritik ist kein Lobpsalm …

Die Kunstkritiker haben viel auf dem Gewissen, aber verglichen mit dem Gequatsch, das die Maler selbst loslassen, sind es Halbgötter.

Shakespeares Strumpf

(Bei Gelegenheit eines Leipziger Festes, wo man mit einer *Schillerschen Weste* Götzendienst trieb)

Hochgesprungen, laut gesungen!
Wenn verschimmelt auch und dumpf,
Sei's! wir haben ihn errungen,
William Shakespeares wollnen Strumpf.

Sieg! wir haben jetzt die Strümpfe,
Haben jetzt das heil'ge Paar,
Drinnen er trotz Moor und Sümpfe
Sicher vor Erkältung war.

Sieg! wir huld'gen jetzt dem Strumpfe,
Der der Strümpfe Shakespear' ist,
Denn er reicht uns bis zum Rumpfe,
Weil er fast zwei Ellen misst.

Sieg! wir haben jetzt die Strümpfe,
Dran er putzte, wischte, rieb
Manchesmal die Federstümpfe,
Als er seinen Hamlet schrieb.

Drum wer je ein Lied geleiert,
Wenn er sich nicht lumpen lässt,
Singt Oktaven er, und feiert
Unser nächstes Shakespearefest.

Unsren Enkeln wird man melden:
»Euer Ahn, dass ihr es wisst,
War auch einer von den Helden,
Die den Shakespeare-Strumpf geküsst.«

Drum herbei was Arm und Beine,
Unser harret schon Triumph,
Und dem Shakespeare-Strumpf-Vereine
Helfen *so* wir auf den Strumpf.

… in der Literaturgeschichte scheint die Sonne über Gerechte und Ungerechte; jeder kriegt seine zwei Zeilen.

Überhaupt, lächerlich zu sagen, lernt der ungelehrte Sterbliche sein Bestes aus Versen und Romanen.

… der Einsamkeits-Leser ist ja nur der wahre Leser!

… je mehr man liest, je dümmer wird man. Es mag das nach den Naturen verschieden sein, aber ich für mein Teil habe von sogenannten »gründlicheren Studien« gar nichts gehabt und schiebe mein leidliches Zuhausesein in Welt, Leben und Geschichte darauf, dass ich mich immer nur vom *unterhaltlichen* Stoff, von Anekdoten, Memoiren und Briefen genährt habe. Der alte Witz: »Totale Unkenntnis von der Sache sicherte ihm ein unbefangenes Urteil«, umschließt ein gut Stück Wahrheit. Natürlich werden auf diese Weise keine Gelehrten geboren; aber offener Sinn und Phantasie, wenn sie sich bewusst bleiben, dass sie's über »fühlen und ahnen hinaus« nicht bringen können, treffen es meist besser, als die mit Scheuklappen vorgehenden Bücherfresser.

… sein Eignes immer wieder zu lesen, strapaziert nicht bloß sondern verdummt auch …

… lesen ist nur ein Vergnügen, wenn man ganz frisch ist und jede Schönheit und jede Dummheit gleich voll genießen kann; aber gelangweilt lesen ist ein Hundevergnügen und strapaziös.

Ich hatte mich, der wieder in Gedichtauswendiglernen bestehenden Ferienaufgabe gedenkend, auf den ersten Boden zurückgezogen und mirs hier in einem Kinderschlitten mit Seegraskissen leidlich bequem gemacht, dabei einen alten vielkragigen Mantel meines Vaters über die Knie gebreitet, denn es war bitterkalt, und in der Sonne blinkten links neben mir ein paar Schneestreifen, die der Wind durch die Fensterritzen hineingepustet hatte. Fröstelnd und unzufrieden mit mir und meinem Schicksal saß ich da, Schillers Gedichte vor mir, und lernte »Das Eleusische Fest«. Unten klimperte wer auf dem Klavier. Als es endlich schwieg, hörte ich den von einem asthmatischen Pusten begleiteten Schritt meines Vaters auf der Treppe, und nicht lange mehr, so stand er vor mir, übrigens zunächst weniger mit mir als mit den zwei Schneestreifen beschäftigt. Er schob denn auch, eh er sich zu mir wandte, den Schnee mit der Sohlenkante zusammen und sagte dann erst: »Ich begreife nicht, warum du hier sitzest.«

»Ich lerne.«

»Was?«

»Das Eleusische Fest.«

»Nun, das ist gut. Aber du siehst aus, als ob du keine rechte Freude daran hättest. Ohne Freude geht es nicht, ohne Freude geht nichts in der Welt. Von wem ist es denn?«

»Von Schiller.«

»Von Schiller. Nu, höre, dann bitt ich mir aus, dass du Ernst mit der Sache machst. Schiller ist der Erste. Wie lang is es denn?«

»Siebenundzwanzig Verse.«

»Hm. Aber wenn es von Schiller ist, ist es gleich, ob es lang oder kurz ist. Es muss runter.«

»Ach, Papa, die Länge, das is es ja nicht. Der Kampf mit dem Drachen ist noch länger, und ich habe es in der letzten Stunde, die wir hatten, doch hergesagt.«

»Nun, was ist es dann?«

»Es ist so schwer. Ich versteh es nicht.«

»Unsinn. Das ist bloß Faulheit. Gewiss, es gibt

Dichter, die man nicht verstehen kann. Aber Schiller! Gang nach dem Eisenhammer, Bürgschaft, Kraniche des Ibykus, da kann man mit. ›Und in Poseidons Fichtenhain, Tritt er mit frommem Schauder ein,‹ – das kann jeder verstehn und war immer meine Lieblingsstelle. Natürlich muss man wissen, wer Poseidon ist.«

»Ja, das geht, und Poseidon kenn ich. Und die, die du da nennst, die hab ich auch alle gelernt. Aber das Eleusische Fest, das kann ich nicht. Ich weiß nicht, was es heißt, und weiß auch nicht, was es bedeutet, und ich weiß auch nicht, gleich zu Anfang, welche Königin einzieht.«

»Das ist auch nicht nötig. Du wirst doch verstehn, dass eine Königin einzieht. Welche er meint, ist am Ende gleichgültig. Es ist ein Ausdruck für etwas Hohes.«

»Und in dem zweiten Verse heißt es dann: ›Und in des Gebirges Klüften barg der Troglodyte sich.‹ Was ist ein Troglodyte?«

»Nun, das ist ein griechisches Wort und wird wohl Leute bezeichnen, die einen Kropf haben oder irgend so was. An solcher einzelnen Unklarheit kann das Ganze nicht scheitern. Also strenge dich an …«

Er hätte mir wohl noch weitere Lehren gegeben, wenn nicht in diesem Augenblicke zu Tische gerufen wäre. »Nun komm nur. Es heißt zwar plenus venter … aber du wirst schon darüber hinkommen.«

Ich kam nicht darüber hin und habe das Eleusische Fest nicht auswendig gelernt, weder damals noch später.

Jeder Mensch, der sich mit den Künsten ernsthaft beschäftigt hat, wird aus hundertfältiger Beobachtung wissen, wie wahr der humoristisch zugespitzte Satz eines meiner musikalischen Freunde ist: »Die Musik scheint mir nur dazu erfunden zu sein, um an ihr die Lügenhaftigkeit der Menschen zu demonstrieren.« Was von der Musik gilt, gilt von *allen* Künsten, am meisten von der *Architektur*. Diese (mehr denn jede andere) ist Fach- und Gildensache geblieben, und unendlich klein ist die Anzahl derer, die eine Maurermeister-Schöpfung von einem italienischen Palast unterscheiden können.

Unter allen Künstlern [...] sind die Architekten die pietätslosesten, zum Teil weil sie nicht anders können. Maler, Skulptoren treffen mit ihrem Vorgänger meist auf breiter Straße zusammen; sie haben Raum nebeneinander; die Lebenden und die Toten, sie können sich dulden, wenn sie wollen. Nicht so der Baumeister. In den meisten Fällen soll das neue Haus, die neue Kirche an der Stelle der alten stehen. Er hat keine Wahl. Und es sei. Wir rechnen zudem mit keiner Zeit darüber, dass sie sich für die klügste und beste hält. Aber darin geht die jedesmalig modernste [...] zu weit, dass sie auch das zerstört, was unbeschadet des eignen Lebens weiter leben könnte, dass sie sozusagen unschuldigen Existenzen, von denen sie persönlich nichts zu befahren hätte, ein Ende macht. Der moderne Basilika-Erbauer mag ein gotisches Gewölbe niederreissen, das nun einmal schlechterdings in die gestellte Aufgabe nicht passt; aber das halbverblasste Freskobild, die Inschrifttafel, der Grabstein mit der Plattenrüstung, – ihnen hätte er auch in dem Neubau ein Plätzchen gönnen können. Er versagt dies Plätzchen ohne Not [...]. Die historische Pietät ist fast noch seltener als die künstlerische.

Den höchsten Anlauf [...] nahm die Menschennatur, als sie einen gotischen Dom in seiner Vollendung *dachte*; aber er ist ein Ideal geblieben und mit Recht, denn das Vollendete muss unvollendet bleiben. *Die fertigen gotischen Dome sind nicht vollendet, und die vollendeten sind nicht fertig.*

Überlegenheit: Wer hat *die*? Die ganz Wenigen, die sie vielleicht haben dürften, die wissen, wie schwer Kunst ist, und machen, im Letzten und Innersten bescheiden, keinen Gebrauch davon.

Mein Geschriebenes drucken zu lassen, und zwar zu besten Honoraren, hab' ich keine Schwierigkeiten;

mir kommt es darauf an, Geld zu kriegen, *ohne* zu schreiben. *Das* ist das Geheimnis schriftstellerischen Wohlergehens.

... wer hat noch Kunstgedanken, wenn er Ursache hat, an eine Leibbinde zu denken?

Geschmacksausbildung ist viel und der ästhetisch Gebildete, wenn er's wirklich ist und nicht bloß die Maske davon trägt, ist doch der Sieger im Leben.

VI

Abends mit drei Generationen: Großmutter, Mutter und Tochter, in Bleichröders Loge

Was unsre Eltern doch alles amüsiert hat!

Kinder müssen sich ihre gesellschaftliche Stellung, ihre Freund- und Bekanntschaften selbst erobern.

Kinder sind immer egoistisch und die Sache ist die und kommt dadurch wieder in Ordnung, dass ihnen die eignen Kinder später auch eine tüchtige Nuss zu knacken geben.

Ganz leer lässt der liebe Gott keinen ausgehn; die Eltern und Erzieher müssen nur ausfindig machen, wo die Spezial-Begabungen liegen.

Normal-Eltern denken nur an ihre Kinder …

»Jugend hat keine Tugend« ist falsch, wie fast alle Sprichwörter; wenn wer noch Tugend hat, so ist's eben die Jugend …

»Ich bin so froh, Herr Pastor, dass ich nun doch einmal Gelegenheit finde. Gott, wer Kinder hat, der hat auch immer Sorgen. Ich möchte wegen meines Jüngsten so gerne mal mit Ihnen sprechen, wegen meines Arthur. Rudolf hat mir keine Sorgen gemacht, aber Arthur. Er ist nun jetzt eingesegnet, und Sie haben ihm, Herr Prediger, den schönen Spruch mitgegeben, und der Junge hat auch gleich den Spruch auf einen großen weißen Bogen geschrieben, alle Buchstaben erst mit zwei Linien nebeneinander und dann dick ausgetuscht. Es sieht aus wie'n Plakat. Und diesen großen Bogen hat er sich in die Waschtoilette geklebt, und da mahnt es ihn immer.«

»Nun, Frau von Gundermann, dagegen ist doch nichts zu sagen.«

»Nein, das will ich auch nicht. Eher das Gegenteil. Es hat ja doch was Rührendes, dass es einer so ernst nimmt. Denn er hat *zwei* Tage dran gesessen. Aber wenn solch junger Mensch es so immer liest, gewöhnt er sich dran. Und dann ist ja auch gleich wieder die Verführung da. Gott, dass man gerade immer über solche Dinge reden muss; noch keine Stunde, dass ich mit dem Herrn Hauptmann über unsern Volontär Vehmeyer gesprochen habe, netter Mensch, und nun gleich wieder mit Ihnen, Herr Pastor, auch über so was. Aber es geht nicht anders. Und dann sind Sie ja doch auch wie verantwortlich für seine Seele.«

Lorenzen lächelte. »Gewiss, liebe Frau von Gundermann. Aber was ist es denn? Um was handelt es sich denn eigentlich?«

»Ach, es ist an und für sich nicht viel und doch auch wieder eine recht ärgerliche Sache. Da haben wir ja jetzt die Jüngste von unserm Schullehrer Brandt ins Haus genommen, ein hübsches Balg, rotbraun und ganz kraus, und Brandt wollte, sie solle bei uns angelernt werden. Nun, wir sind kein großes Haus, gewiss nicht, aber Mäntel abnehmen und 'rumpräsentieren, und dass sie weiß, ob links oder rechts, so viel lernt sie am Ende doch.«

»Gewiss. Und die Frida Brandt, oh, die kenn ich ganz gut; die wurde jetzt gerade vorm Jahr eingesegnet. Und es ist, wie Sie sagen, ein allerliebstes Geschöpf und klug und aufgekratzt, ein bisschen zu sehr. Sie will zu Ostern nach Berlin.«

»Wenn sie nur erst da wäre. Mir tut es beinahe schon leid, dass ich ihr nicht gleich zugeredet. Aber so geht es einem immer.«

»Ist denn was vorgefallen?«

»Vorgefallen? Das will ich nicht sagen. Er is ja doch erst sechzehn und eine Dusche dazu, gerade wie sein Vater; der hat sich auch erst 'rausgemausert, seit er grau geworden. Was beiläufig auch nicht gut ist. Und da komme ich nun gestern vormittag die Treppe 'rauf und will dem Jungen sagen, dass er in den Dohnenstrich geht und nachsieht, ob Krammetsvögel da sind, und die Tür steht halb auf, was noch das beste war, und da seh ich, wie sie ihm eine Nase dreht und die Zungenspitze 'aussteckt; so was von spitzer Zunge hab ich mein Lebtag noch nicht gesehen. Die reine Eva. Für die Potiphar ist sie mir noch zu jung. Und als ich nu dazwischentrete, da kriegt ja nu der arme Junge das Zittern, und weil ich nicht recht wusste, was ich sagen sollte, ging ich bloß hin und klappte den Waschtischdeckel auf, wo der Spruch stand, und sah ihn scharf an. Und da wurde er ganz blass. Aber das Balg lachte.«

»Ja, liebe Frau von Gundermann, das ist so; Jugend hat keine Tugend.«

»Ich weiß doch nicht; ich bin auch einmal jung gewesen …«

»Ja, Damen …«

… Jugend in ihrem naiven Anspruch an Glück und Leben und in vollkommner Ignorierung der Tatsache, dass auch noch andre auf dieser Erde ’rumkrabbeln, ist etwas Vergnügliches, wenn man selber schon vergnüglich ist, sonst nicht.

Mit jungen Leuten zu verkehren, ist eine Kunst, die nicht jeder hat.

Man muss bei Seite treten und einem neu heranwachsenden Geschlechte den Vortritt lassen können; tut man das nicht, so wird man lästig und lächerlich.

Wenn man […] jung ist, spielt man mit dem Herbst, während man mit 77 eine krankhafte Vorliebe für grün hat.

Nur ob ein gewisses Etabliert- und Beruhigtsein ohne Jugend und Hoffnung, oder Jugend und Hoffnung ohne Etabliert- und Beruhigtsein besser ist, – *die* Frage drängt sich einem immer wieder auf. Wenn es nicht *zu* toll kommt, ist das Jugendleben doch vielleicht schöner. Vielleicht. Vielleicht auch nicht. Man schwankt auch darin wie in allem, und nur *das* bleibt: das Ganze ist eine sonderbare Geschichte.

… wer ließe nicht seine Tochter noch lieber loben als sich selbst.

Väter sind eigentlich nur noch dazu da, um schließlich in Widerspruch mit ihren Lieblingssätzen zu geraten.

Das Alter hat viel Hässliches und Dummes, aber das *eine* Kluge hat es, dass es einsieht: nichts ist von besondrer Wichtigkeit, und man kann es *so* machen und auch *so*.

In Indien wurden früher die Alten auf große Bäume am Ganges gesetzt, und dann begann ein Schütteln. Die sich nicht mehr halten konnten, fielen in den

Theodor Fontane
Kreidezeichnung von Max Liebermann, 1896

Fluss und wurden weggeschwemmt. Wenn man in die Herzen sehen könnte, würde man finden, dass dies Verfahren auch bei uns stille Anhänger zählt.

… wenn man alt ist, ist alles zu jung.

Die Jahre bedeuten gar nichts. Wer dumm ist und nichts gelernt hat, faselt mit siebzig noch gerade so wie mit siebzehn.

Es gibt Altersgrade, wo man ein bisschen Gehirnerweichung wie einen Orden trägt.

… Jahre sind das niederdrückendste Klima.

… wenn man die Schnepfen hat, kann man sie nicht mehr vertragen.

… wenn man alt ist, ist man dahinter gekommen, dass die guten Sachen im Verborgenen blühn, während was bequem oder gar marktschreierisch am Wege steht, fast nie zu brauchen ist.

Wenn es zum äußersten kommt, ist es doch immer die *Familie*, die für einen einsteht …

… nur nicht anfragen oder gar Dienste anbieten bei Freunden, Verwandten und Bekannten. Geld pumpen und Gefälligkeiten erbitten darf man immer nur bei Fremden.

Strengt Euch nur nicht mit Weihnachtsgeschenken an, jede Mark ist weggeworfen; man muss mit solchen alten Geschichten brechen, wenn man nicht Harun al Raschid oder Bleichröder ist.

Jeder Mensch verdient gern Geld.

Ich glaube, Glück existiert nur noch bei Juden und Bourgeois, bei Leuten, die Geld haben und niedrig genug stehn, in einem bloßen sich Zieren-können ihre Befriedigung zu finden.

Nur Kraft ist noch schwerer zu schaffen als Geld.

… in Kursfragen sind nur *die* bewandert, die Wertpapiere haben.

… *bloß* Geld verdienen wollen, wenn man nicht Bäcker oder Brauer ist, ist doch unwürdig.

Der Handel hat nie größere Zwecke als sich selbst, und seine erste Bedingnis ist – die Ruhe. Ein Gewinn in Aussicht gestellt, und die City von London geht mit jeder Dynastie.

Sind die Börsianer Betrüger, so packe man sie, sind es aber einfach Kaufleute, also Personen, die *von Metier wegen* immer an der Mogelei dicht vorbeistreifen, so muss man sie gewähren lassen und um so mehr, als ihre Antagonisten auch nicht die besten Brüder sind. Bloß großmäuliger und hochmütiger.

… die erklärten Philister sind noch die besten.

… der Bourgeois […] wurzelt nicht eigentlich oder wenigstens nicht ausschließlich im Geldsack; viele Leute, darunter Geheimräte, Professoren und Geistliche, Leute, die gar keinen Geldsack haben oder einen sehr kleinen, haben trotzdem eine *Geldsackgesinnung* und sehen sich dadurch in der beneidenswerten oder auch nicht beneidenswerten Lage, mit dem schönsten Bourgeois jederzeit wetteifern zu können. Alle geben sie vor, Ideale zu haben; in einem fort quasseln sie vom »Schönen, Guten, Wahren« und knixen doch nur vor dem goldnen Kalb, entweder indem sie tatsächlich alles, was Geld und Besitz heißt, umcouren oder sich doch heimlich in Sehnsucht danach verzehren. Diese Geheimbourgeois, die Bourgeois ohne Arnheim, sind die weitaus schrecklicheren, weil ihr Leben als eine einzige große Lüge verläuft. Dass der liebe Gott sie schuf, um sich selber eine Freude zu machen, steht ihnen zunächst fest; alle sind durchaus »zweifelsohne«, jeder erscheint sich als ein Ausbund an Güte, während in Wahrheit ihr Tun nur durch ihren Vorteil bestimmt wird, was auch alle Welt einsieht, nur sie selber nicht. Sie legen sich vielmehr alles aufs Edle hin zurecht und beweisen sich und andern in einem fort ihre gänzliche Selbstsuchtslosigkeit. Und jedesmal, wenn sie diesen Beweis führen, haben sie etwas Strahlendes.

Moral ist gut, Erbschaft ist besser.

Überhaupt Geld! Dass Macht dabei herauskommt und dass alles vor jedem Stockjobber winselnd auf dem Bauche liegt, gebe ich zu, weil es so wenig Menschen gibt, die unabhängig von irgend einem großen Portemonnaie dastehn; außer dieser Macht über Sklaven kommt aber gar nichts dabei heraus; die miserabelsten Zustände, die widerwärtigsten Tragödien spielen sich immer in Geldhäusern ab.

Die Schlimmsten sind doch immer die Parvenus!

Wo viel Geld ist, geht immer ein Gespenst um …

Ich kann den Bourgeoiston nicht ertragen, und in derselben Weise, wie ich in frühren Jahrzehnten eine tiefe Abneigung gegen Professorenweisheit, Professorendünkel und Professorenliberalismus hatte, in derselben Weise dreht sich mir jetzt angesichts des wohlhabendgewordenen Speckhökertums das Herz um. Wirklicher Reichtum imponiert mir oder erfreut mich wenigstens, seine Erscheinungsformen sind mir in hohem Maße sympathisch, und ich lebe gern inmitten von Menschen, die 5000 Grubenarbeiter beschäftigen, Fabrikstädte gründen und Expeditionen aussenden zur Kolonisierung von Mittel-Afrika. Große Schiffsreeder, die Flotten bemannen, Tunnel- und Kanalbauer, die Weltteile verbinden, Zeitungsfürsten und Eisenbahnkönige sind meiner Huldigungen sicher, ich will nichts von ihnen, aber sie schaffen und wirken zu sehn, tut mir wohl, alles Große hat von Jugend auf einen Zauber für mich gehabt, ich unterwerfe mich neidlos. Aber der »Bourgeois« ist nur die Karikatur davon, er ärgert mich in seiner Kleinstelzigkeit und seinem unausgesetzten Verlangen auf nichts hin bewundert zu werden. Vater Bourgeois hat sich für 1000 Tlr malen lassen und verlangt, dass ich das Geschmiere für einen Velasquez halte, Mutter Bourgeoise hat sich eine Spitzenmantille gekauft und behandelt diesen Kauf als ein Ereignis, alles, was angeschafft oder wohl gar »vorgesetzt« wird, wird mit einem Blicke begleitet, der etwa ausdrückt: »Beglückter Du, der Du von *diesem* Kuchen essen, von *diesem* Weine trinken durftest«, alles ist kindische Überschätzung einer Wirtschafts- und Lebensform, die schließlich gerade so gut Sechser-Wirtschaft ist wie meine eigne. Ja sie ist es mehr, ist es recht eigentlich. Ein Stück Brot ist nie Sechser-Wirtschaft, ein Stück Brot ist ein Höchstes, ist Leben und Poesie, ein Gänsebraten-Diner aber mit Zeltinger und Baiser-Torte, wenn die Wirtin dabei strahlt und sich einbildet, mich der Alltäglichkeit meines Daseins auf 2 Stunden entrissen zu haben, ist sechserhaft in sich und doppelt durch die Gesinnung, die es begleitet. Der Bourgeois versteht nicht zu geben, weil er von der Nichtigkeit seiner Gabe keine Vorstellung hat. Er »rettet« immer, und man verschreibt sich ihm auf eine Schrippe hin für Zeit und Ewigkeit.

Es haftet ja dem Gelde eine zauberhafte Macht an, auch im Guten, und das Absterben des *Kleinlichen*, daran die Deutschen auch jetzt noch leiden, ist eine der großen Segnungen großen Besitzes und großer Verhältnisse. Das eigentlich Erquickliche, Glückliche, auch *Große*, liegt aber doch wo anders. Unsre großen Dichter, Philosophen, Feldherrn und Staatsmänner waren arme Leute. Was bleibt vom alten Zieten, von Kant und Schiller übrig, wenn man sie mit der Geld-Elle misst? Ohne *Freiheit* kann sich der Mensch nirgends zu was Schönem entwickeln, hat er aber Freiheit – und Bedürfnislosigkeit sichert auch dem Armen die Freiheit – so hat er alles.

Wer satt zu essen hat, kann sich neben jeden Krösus stellen. Das Glück liegt wirklich wo anders als in aufgetürmten Fünftalerscheinen. Und schließlich, – um 9 ist alles aus, und niemand kann's·mitnehmen.

VII

Am Dienstag in meinem Geheimratsclub

… wann fände man je aufgehobene Zettel wieder …

… man kann 50 Jahre lang das Mitglied eines ästhetischen Casinos, aber nicht einer Studentenverbindung sein.

… arm an Leben und reich an Doktrin.

… gib mir 2 Dinge, das *Tertium comparationis* muss sich finden.

Das Leben macht doch die besten Witze und steht obenan in der Kunst der Antithese.

… einfache Menschen sind eben von Natur einfach, sehr kluge aber müssen sich das Einfache, als ein Höchstes, erst wieder zurückerobern. Diese *gewonnene* Einfachheit ist dann aber auch die echte, weil sie durchgeistigt ist.

Die Aussicht auf ein Examen macht niemals guter Laune …

Examen bleibt unter allen Umständen eine Art Lotto.

... Bildung ist in manchen Lebenslagen noch besser als Esprit.

... die verfluchte Bildung hat alles natürliche Urteil verdorben; jeder quatscht nach.

Wer rechnet, ist immer in Gefahr, sich zu verrechnen. Die einfache dumme Kuh trifft immer das richtige Gras.

Bildung ist doch ein sehr zweischneidiges Schwert. Und ist sie schartig, so ist es erst recht gefährlich.

Als es noch keine Bildung gab, war alles interessant; die rasch wachsende Verlederung der Menschen datiert von den Examinas, und wir sind deshalb das langweiligste Volk, weil wir das Examenvolk sind.

... nur die Dämlichen sind ötepotöte.

Alles, was mit Grammatik und Examen zusammenhängt, ist nie das Höhere. Waren die Patriarchen examiniert, oder Moses oder Christus? Die Pharisäer waren examiniert. Und da sehen Sie, was dabei herauskommt.

Der Mensch muss klug sein, aber nicht gebildet. Da sich nun aber Bildung, wie Katarrh bei Ostwind, kaum vermeiden lässt, so muss man beständig auf der Hut sein, dass aus der kleinen Affektion nicht die galoppierende Schwindsucht wird.

… überall da, wo es auf das »Gestalten« ankommt, reden die Philosophen Unsinn.

Unter allen Kunstamateurs sind die Geheimräte die notorisch dummsten. Bei herkömmlicher Regiererei versimpelt alles und die meisten haben nicht viel zuzusetzen.

… die Empfindlichkeit der Professoren geht noch über die der Pastoren. Und das will was sagen. Die sonst immer zitierten Schauspieler sind längst überholt.

Ein philosophischer Freund sagte mir einmal, nichts sei falscher als der Glaube, dass die Formen, in denen sich unser Leben bewege, sehr reich und mannigfaltig seien; er reise viel und könne mir auf das bestimmteste versichern, dass z. B. eine Konversation zwischen Berlin und Leipzig höchstens ein Doppelgeleise habe, gerade wie die Bahn selbst.

Das bloß Aktenmäßige ist immer langweilig.

… die trivialsten Sätze sind immer die richtigsten.

Dies vornehme Herunterblicken auf Alles, was nicht in Akten und Staatspapieren steht, ist in meinen Augen lächerlich – die wahre Kenntnis einer Epoche und ihrer Menschen, worauf es doch schließlich ankommt, entnimmt man aus ganz anderen Dingen. In 6 altenfritzischen Anekdoten steckt *mehr* vom alten Fritz als in den Staatspapieren seiner Zeit.

Die höchste Dummheit, […] entzieht sich ebenso der Berechnung wie die höchste Klugheit.

… Genies dürfen ungrammatisch sein; der Rest der Menschheit aber hat eine gewisse Durchschnitts- und Trivialverpflichtung, das Korrekte zu tun und zu sagen, und wenn er sich dieser Verpflichtung entzieht, so fehlt ihm etwas für seine Verhältnisse Unerlässliches.

Darwin ist gut, aber Throne stützt er nicht.

Weltherrschaften sind immer gefährdet, auch wenn sie sich (was selten zutrifft) eines philanthropischen Charakters rühmen dürfen.

Eine staatliche Reform lässt sich erzwingen, eine Hausreform aber ermöglicht sich nur auf dem Wege friedlicher Kompromisse.

Völker verlangen Bestimmtheiten und Befehle. Das »ins Belieben Stellen« geht kaum im Privatleben, im Staatsleben gewiss nicht.

Es gibt nicht zwei Sorten von Anständigkeit, und was ein anständiger Mensch nicht darf, das darf auch ein anständiger Staat nicht.

Politiker sind Politiker, aber – kein Publikum.

Die destruktiven Elemente ziehen aus nichts so viel Nutzen und Nahrung wie aus den Unwahrheiten derer, die, sei es in Staat oder Kirche, sich anspruchsvoll als die bestellten Wächter der Wahrheit gerieren.

Dass das Parteileben den Charakter verdirbt, ist längst zugestanden, es verdirbt aber auch den Verstand. Alle versimpeln und nehmen den Sturm in ihrem Glase Wasser als Taifun oder Sturm von Samoa.

… es ist ein ganz ordinäres Geschäft, dies parlamentarische Politik-machen, und verdirbt den Charakter und verdummt. Die Leute sehen alles nur noch in Fraktionsbeleuchtung. Und doch ist das Ganze ein

Segen. So ein regierender Bredow oder Rochow, der einen nach Spandau schickte, wenn man ihm andeutete, »er sei ein Schafskopf«, war auch kein Glück für Staat und Menschheit. Der absolute Staat mag noch so viel Vorzüge haben, er ist für ein freifühlendes Herz doch eine Unerträglichkeit; er hat die Annahme zur Voraussetzung, dass Wissen, Macht, Herrscherbefähigung in *Schichten* steckt, während es doch einfach in den *Individuen* lebt.

Im politischen Leben spielt die Fahne eine ebenso große Rolle wie im militärischen; wo man mal steht, muss man feststehn und nicht lange mäkeln und mucksen. Aber freilich muss eine *Fahne überhaupt da sein.*

Der Hochmut, den die Parlamentarier ausbilden, ist etwas Schreckliches. Sie vergessen, dass es nicht 400 politische Berühmtheiten auf einem Hümpel geben kann. Aber jeder hält sich für einen Mirabeau.

Scheußliche Verhöhnung, in der Knechtschaft reif für die Freiheit zu werden! Schwimmen zu lernen auf dem Trocknen; nur in der Freiheit wird man frei.

Alle Kraftmenschen und Originale sind immer gegen das »Gesetz«. Gott sei Dank, dass wir das Gesetz haben, aber in seiner oft silbenstecherischen, auf

Formen zugeschnittenen Handhabung ist etwas, was den natürlichen Menschen verdrießt. Den Patriarchen erschien Gott, das lass ich mir gefallen, aber sie gingen paragraphenfrei durchs Leben.

… die *wirkliche* Freiheit hat keine Paragraphen …

… ich will zugeben, dass sehr vieles faul im Staate Dänemark ist und dass die jungen Leute ein gewisses Recht der Reform oder meinetwegen auch der Revolution haben, aber sie können nicht verlangen, dass der Staat ihnen zuruft: »Ach, das ist recht; nur tüchtig zu.«

… Leisetreterei hilft gar nichts und nimmt der Opposition den letzten Rest von Respekt.

So wie man in die Lage kommt, scharf zusehen zu können, so sieht man, »dass es nichts ist«. Es ist unglaublich, mit wie viel Haus- und Privat-Konstitutionalismus in *allen* Lebensverhältnissen regiert wird. Auch der Tyrann tyrannisiert nur »unter Bedingungen«.

… ein Glück, dass er Jurist geworden ist, wohin all diese Verschraubtheiten und Eigensinnigkeiten und Leblosigkeiten, die sich Recht oder Prinzip oder Konsequenz nennen, wundervoll gehören. Wie niedrig stehen doch all diese Dinge! Und wie himmelhoch steht daneben die heitre Freiheit, die heute dies tut, und morgen das, *bloß immer das Richtige.*

... man kann alles klein machen, und man kann auch *alles beweisen.*

Wenn man gar nichts feststellen kann, hat man immer noch den Indizienbeweis.

... mit der Wahrung des »Rechts« ist es so so; tritt man erst auf *das* Brett, so hat man jeden Tag 24 Stunden Streit.

Auch Zahlen haben eine gewisse Romantik. Wie viele Menschen erdrückt oder totgeschossen wurden, hat zu allen Zeiten einen geheimnisvollen Zauber ausgeübt; an Interesse steht dem vielleicht am nächsten, wieviel gegessen und getrunken worden ist.

Meinung, Urteil; was wird nicht alles zusammengequatscht und von den »Gebildeten« am meisten.

Es gibt so wenig Menschen, mit denen man auch nur ein erträgliches Gespräch führen kann. Ich leide jetzt ordentlich darunter. Neulich sprach ich mit meinen zwei Söhnen, Intendanturrat und Buchhändler, über die Wahlen; nach 5 Minuten brach ich ab und sagte: »Nein, Kinder, das geht so nicht weiter, wir quasseln alle Drei und wenn ich bedenke, dass wir eine Art Elite repräsentieren, so kommt mir der Jammer an.«

Zustimmung ist nicht nötig, nur Interesse, das mitunter in der Opposition größer ist als im Mitgehn.

Der Standpunkt macht es nicht, die *Art* macht es, wie man ihn vertritt.

… man kann in der Selbstironie zu weit gehen und ihr ungewollt den Stempel der Selbsterkenntnis aufdrücken.

Trauriges Dasein und draußen Tauwetter. Ich könnte den Hamletmonolog deklamieren, aber ich wähle das Kürzere: »Nymphe, bete für mich.« Es wird wohl falsch zitiert sein; die meisten Zitate sind falsch.

Dass ein Gespräch einem den Gefallen tut, gerade *die* Punkte zu berühren, über die man sich kurz vorher informiert hat, ist sehr selten …

Auch im Sprechen muss man sich auf den Geist des Andern wie auf einen sichren Krückstock fest und angenehm stützen können …

Sowie mehr geredet wird als nötig, hört nach einem ganz natürlichen Gesetz alle Wirkung auf.

... es gibt wenig Menschen, die, über eine Stunde hinaus, noch irgend was Neues sagen können.

Auseinandersetzungen, weshalb man zu spät kommt, selbst wenn sie wahr, sind nicht viel besser als Krankengeschichten.

... der Hang zu verneinen ist größer als alle Konsequenz.

Hohn war immer eine berechtigte Form geistiger Kriegführung.

... was überflüssig ist, ist falsch.

Die einfachsten Dinge zu beantworten, ist immer das denkbar Schwerste. Logik und Stil müssen auf der höchsten Höhe sein. Auch unter den Historikern leisten dies nur ganz, ganz wenige.

Alte Kultur ist kein leerer Wahn.

... Sentimentalität und Phrase sind mir zwei fatale Dinge, aber wo fangen sie an!

Wenn von tapfrem Verleumden immer etwas hängen bleibt, so auch von tapfrem Loben. Ich glaube ganz bestimmt, dass drei geistreiche Kerle einen vierten, wenn sie es nur eisern wollen, berühmt machen können, namentlich wenn der zu Feiernde dunkel und unverständlich ist. Nur an der biedren Plattitüde scheitert alle Verherrlichungskunst.

… aller Tadel, ob richtig oder nicht, entmutigt.

Der Anfang ist immer das Entscheidende; hat man's darin gut getroffen, so muss der Rest mit einer Art von innerer Notwendigkeit gelingen, wie ein richtig behandeltes Tannenreis von selbst zu einer graden und untadeligen Tanne aufwächst.

Es ist das missliche Vorrecht des Halbgebildeten, über die Einzelnheiten das Ganze zu übersehen …

Detail-Blödsinn schadet nichts …

Viertel-Details klären nicht auf, sondern verwirren nur.

Der Zauber steckt immer im Detail.

… dass »ihr an Stelle Friedrichs des Großen die Kunersdorfer Schlacht gewonnen hättet«. In diesem scherzhaft zugespitzten Satze liegt viel Wahrheit; denn eigentlich ist das der Standpunkt, den jeder Nachgeborne, der Klügste und der Dümmste, mit rührender Naivetät einnimmt. Warum machte Luther die Reformation? Warum wurde der 30jährige Krieg nicht vermieden? Warum führte Schiller-Goethe die deutsche Literatur auf Abwege? Wir wissen jetzt ganz genau, dass man das alles viel klüger hätte anfangen müssen.

Personen, denen irgend etwas absolut feststeht, sind keine Genossen für mich; nichts steht fest, auch nicht einmal in Moral- und Gesinnungsfragen und am wenigsten in sogenannten Tatsachen. Taufregister sind sprichwörtlich falsch.

Ein leidlich gescheites Individuum kann eigentlich gar nicht fanatisch sein. Wer an einen Weg und eine Sache glaubt, ist allemal ein Poveretto, und ist seine Glaubenssache zugleich er selbst, so ist er gemeingefährlich und eigentlich reif für Dalldorf.

Unanfechtbare Wahrheiten gibt es überhaupt nicht, und wenn es welche gibt, so sind sie langweilig.

VIII

Zum Verlobungs-Diner bei Lachmanns

»En Loots' is en Loots' und wat en Loots' is weet jed een«, sagte ein Warnemünder zu einem Badegast. Und dasselbe muss von der Liebe gesagt werden. Untersuchungen, wie das eigentlich alles hergeht, sind immer halb ridikül, halb eklig.

Schwestergekicher ist […] nicht die rechte Sorte …

Lise, als sie mit Berthe Wilmsen durch die Laubengänge ging, wurde »gerempelt«, was – wie ich bei der Gelegenheit erfahren habe – als erste vertrauliche Annäherung gilt. Die Sitten wechseln und die Unsitten natürlich auch. Zu meiner Zeit gab es andre Formen, welche weiß ich nicht mehr, aber *das* weiß ich, dass »rempeln« nicht dazu gehörte.

»Sie werden, meine Gnädigste, doch nicht alle Amerikaner für Rote, ich meine für Rothäute halten.«

»Ach, Herr Brose, ich möchte Ihnen auf dieses Gebiet nicht gern folgen. Teint-Angelegenheiten, die sich über den ganzen Körper hin erstrecken, scheinen mir in Gegenwart junger Mädchen nicht wohl behandelbar.«

An Richard Lucae
Mit einer 5 Sgr.-Lithographie

Sieh, zwei oberschlesische Dirnen!
Backen wie Äpfel, Brüste wie & Birnen,
Sind zerrissen auch die Schuh,
Ei, man drückt ein Auge zu,
Sagte doch Faust schon betreffenden Falles:
»Glaube mir, Grete – *Gefühl ist alles.*«

Es gibt eine Frauenanmut von vierzig, aber keine Mädchenanmut von sechsundzwanzig.

»Die Leidenschaft ist etwas Plötzliches, und wenn man von seinem fünften Jahr an immer zusammen gespielt und sich, sagen wir, hinter den Sauerkrauttonnen eines Budikers oder in einem Torf- und Holzkeller unzählige Male stundenlang versteckt hat, immer gemeinschaftlich und immer glückselig, dass Richard oder Arthur, trotzdem sie dicht um einen herum waren, einen doch nicht finden konnten, ja, Onkel, da ist von Plötzlichkeit, dieser Vorbedingung der Leidenschaft, keine Rede mehr.«

Schmidt lachte. »Das hast du gut gesagt, Marcell, eigentlich über deine Mittel.«

Ich habe selbst zu der großen antiken Leidenschaft kein rechtes Fiduz, weil mir auf meinem, bis nun gerade heute zweiundsiebzigjährigen Lebenswege nichts vorgekommen ist, was unter der Rubrik »antike Leidenschaft« unterzubringen wäre. Es mischt sich immer sehr viel hässlicher Kleinkram ein, der mit der Erhabenheit der Gefühle nichts zu schaffen hat. Dennoch – wenn meiner persönlichen Beobachtung auch fern geblieben – ich will in dieser Sache nicht eigensinnig sein und will ohne weiteres zugeben, dass eine große gewaltige Leidenschaft vorkommt und als solche nicht bloß rücksichtslos ihres Weges schreitet, sondern, weil elementar, auch schreiten *darf*. Von einem solchen »dürfen« darf aber nur dann die Rede sein, wenn es Götter von oben sind, die sich in unser menschliches Spiel einmischen. Sind es aber Dämonen von unten (»da unten aber ist's fürchterlich«), so hört, ich will nicht sagen, der Spaß, aber doch der Beifall und die Verzeihungsgeneigtheit des Publikums auf.

»Und wirklich verlobt? Und nich bloß so gesagt? und nachher sitzt du da, wie so ganz, ganz arme und unglückliche Mädchen dasitzen …«

»Ich weiß nicht, was das immer soll, Mutter. Vater hat gesagt: ›Thilde, halte dich propper.‹ Und hab ich nich? Und nu kommst du immer mit solchen Geschichten, so hintenrum, dass man nicht recht sagen kann, was du meinst. Aber ich weiß es schon. Und ich sage dir, ich bin nich so dumm. Er wollte mir einen Kuss geben und war so stürmisch, weil er noch krank ist. Aber ich habe ihn in seine Schranken zurückgewiesen.«

»Das ist recht, Thildechen. Und wann denkst du denn, dass es ins Blatt kommt? Oder soll es ganz still und verborgen sein? Es ist doch immer besser, andre wissen es auch; dann geniert er sich mehr, wenn er sich vielleicht anders besinnt.«

»Ach, anders besinnt. Er darf sich nicht anders besinnen, und er wird auch nicht, und er will auch nicht. Er wird nu morgen früh bei dir anfragen, und da musst du was Gutes sagen und nich so klein und ängstlich. Und er muss sehn, dass wir nicht auf ihn gewartet haben.«

»Ja, da hast du recht; aber was soll ich sagen? Du musst mir was zurechtmachen, was passt.«

»Das geht nicht, Mutter. Dann verschnappst du dich und sagst es an der unrechten Stelle.«

»Ja, das is möglich. Na, denn werd ich bloß sagen: ›Gott sei mit euch.‹«

»Das ist gut. Aber du darfst ihn nich gleich ›du‹ nennen. ›Du‹ kommt erst, wenn es dringestanden hat und wir richtige Verlobung gefeiert haben. Ich denke so Heiligabend. Unterm Christbaum, das hab ich mir immer gewünscht. Das hat dann so seinen Schick und auch so 'n bisschen wie kirchliche Handlung. Und is schon so 'n Vorschmack. Das heißt, ich meine von der Trauung. Denn bei dir muss man sich immer vorsichtig ausdrücken. Du denkst gleich …«

Zärtliche Brautpaare haben an ihrem Hochzeitstage, trotzdem Schiller sagt: »Und der Brautnacht hohe Freuden, die die Götter selbst beneiden« in der Regel einen kolossalen Schnupfen. In den schwereren Fällen Kolik.

Es ist ein Unsinn zu glauben, man könne glücklich werden, wenn man vierhändig eine Sonate spielen kann. Die Ehe ist auf andern Sachen aufgebaut.

Hass irrt, aber Liebe auch.

Man muss sich untereinander helfen, das ist eigentlich das beste von der Ehe. Sich helfen und unterstützen und vor allem nachsichtig sein und sich in das Recht des andern einleben. Denn was ist Recht? Es schwankt eigentlich immer. Aber Nachgiebigkeit einem guten Menschen gegenüber ist immer recht.

Auch die sonderbaren und fragwürdigen Verhältnisse haben oft sehr viel Gefühlsechtes.

Wenn es aus Liebe und in richtiger Weise geschieht, so haben kluge Frauen die *Pflicht*, die Eitelkeiten ihrer Männer zu verletzen. Dadurch, dass sie dem

Karikatur auf den
Wanderer durch die Mark Brandenburg
Zeichnung von August von Heyden, um 1860

Hündchen immer mehr Zucker geben, wird es nur belliger, reizbarer und unerträglicher.

Jung gefreit, hat niemand gereut; kehrt man es aber um, so ist es – das gewöhnliche Schicksal solcher Sätze – mindestens ebenso richtig.

Wenn der Ehemann nicht schlecht ist, so ist er komisch, und wenn er nicht einmal komisch ist, so ist er langweilig; bei Lichte betrachtet ist diese Mittelstellung immer noch die günstige.

… in solchen Häusern, wo man viel Geld und viel Temperament hat und sich liebt und hasst und gelegentlich sich zankt und scheiden lassen will, – ist es immer am nettesten …

»Es geht doch nichts über eine richtige Ehe«, sagte Krola zu Treibel und wies auf das junge Paar vor ihnen. »Sie müssen sich doch aufrichtig freuen, Kommerzienrat, wenn Sie Ihren Ältesten so glücklich und so zärtlich neben dieser hübschen und immer blink und blanken Frau einherschreiten sehen. Schon oben saßen sie dicht beisammen, und nun gehen sie Arm in Arm. Ich glaube beinah, sie drücken sich leise.«

»Mir ein sichrer Beweis, dass sie sich vormittags gezankt haben. Otto, der arme Kerl, muss nun Reugeld zahlen.«

»Ach, Treibel, Sie sind ewig ein Spötter. Ihnen kann es keiner recht machen und am wenigsten die Kinder. Glücklicherweise sagen Sie das so hin, ohne recht dran zu glauben. Mit einer Dame, die so gut erzogen wurde, kann man sich überhaupt nicht zanken.«

In diesem Augenblicke hörte man den Jodler einige Juchzer ausstoßen, so tirolerhaft echt, dass sich das Echo der Pichelsberge nicht veranlasst sah, darauf zu antworten.

Krola lachte. »Das ist der junge Metzner. Er hat eine merkwürdig gute Stimme, wenigstens für einen Dilettanten, und hält eigentlich das Quartett zusammen. Aber sowie er eine Prise frische Luft wittert, ist es mit ihm vorbei. Dann fasst ihn das Schicksal mit rasender Gewalt, und er muss jodeln … Aber wir wollen von den Kindern nicht abkommen. Sie werden mir doch nicht weismachen wollen« – Krola war neugierig und hörte gern Intimitäten – »Sie werden mir doch nicht weiß machen wollen, dass die beiden da vor uns in einer unglücklichen Ehe leben. Und was das Zanken angeht, so kann ich nur wiederholen, Hamburgerinnen stehen auf einer Bildungsstufe, die den Zank ausschließt.«

Treibel wiegte den Kopf. »Ja, sehen Sie, Krola, Sie sind nun ein so gescheiter Kerl und kennen die Weiber, ja, wie soll ich sagen, Sie kennen sie, wie sie nur ein Tenor kennen kann. Denn ein Tenor geht noch weit übern Leutnant. Und doch offenbaren Sie hier in dem speziell Ehelichen, das noch wieder ein Gebiet für sich ist, ein furchtbares Manquement. Und warum? Weil Sie's in Ihrer eigenen Ehe, gleichviel nun, ob durch Ihr oder Ihrer Frau Verdienst, ausnahmsweise gut getroffen haben. Natürlich, wie Ihr Fall beweist, kommt auch *das* vor. Aber die Folge davon ist einfach die, dass Sie – auch das Beste hat seine Kehrseite –, dass Sie, sag ich, kein richtiger Ehemann sind, dass Sie keine volle Kenntnis von der Sache haben; Sie kennen den Ausnahmefall, aber nicht die Regel. Über Ehe kann nur sprechen, wer sie durchgefochten hat, nur der Veteran, der auf Wundenmale zeigt ... Wie heißt es doch? ›Nach Frankreich zogen zwei Grenadier, die ließen die Kopfe hangen‹ ... Da haben Sie's.«

»Ach, das sind Redensarten, Treibel ...«

»... Und die schlimmsten Ehen sind die, lieber Krola, wo furchtbar ›gebildet‹ gestritten wird, wo, wenn Sie mir den Ausdruck gestatten wollen, eine Kriegsführung mit Samthandschuhen stattfindet, oder richtiger noch, wo man sich, wie beim römischen Karneval, Konfetti ins Gesicht wirft. Es sieht hübsch aus, aber verwundet doch. Und in dieser Kunst anscheinend gefälligen Konfettiwerfens ist meine Schwiegertochter eine Meisterin. Ich wette, dass mein armer Otto schon oft bei sich gedacht hat, wenn sie dich doch kratzte, wenn sie doch mal außer sich wäre, wenn sie doch mal sagte: Scheusal oder Lügner oder elender Verführer …«

»Aber Treibel, das kann sie doch nicht sagen. Das wäre ja Unsinn. Otto ist ja doch kein Verführer, also auch kein Scheusal …«

»Ach, Krola, darauf kommt es ja gar nicht an. Worauf es ankommt, ist, sie muss sich dergleichen wenigstens denken können, sie muss eine eifersüchtige Regung haben, und in solchem Momente muss es afrikanisch aus ihr losbrechen. Aber alles, was Helene hat, hat höchstens die Temperatur der Uhlenhorst. Sie hat nichts als einen unerschütterlichen Glauben an Tugend und Windsorsoap.«

»Nun meinetwegen. Aber wenn es so ist, wo kommt dann der Zank her?«

»Der kommt doch. Er tritt nur anders auf, anders, aber nicht besser. Kein Donnerwetter, nur kleine Worte mit dem Giftgehalt eines halben Mückenstichs, oder aber Schweigen, Stummheit, Muffeln, das innere Düppel der Ehe, während nach außen hin das Gesicht keine Falte schlägt. Das sind so die Formen. Und ich fürchte, die ganze Zärtlichkeit, die wir da vor uns wandeln sehen und die sich augenscheinlich sehr einseitig gibt, ist nichts als ein Bußetun – Otto Treibel im Schlosshof zu Canossa und mit Schnee unter den Füßen. Sehen Sie nun den armen Kerl; er biegt den Kopf in einem fort nach rechts, und Helene rührt sich nicht und kommt aus der graden Hamburger Linie nicht heraus … Aber jetzt müssen wir schweigen. Ihr Quartett hebt eben an. Was ist es denn?«

»Es ist das bekannte: ›Ich weiß nicht, was soll es bedeuten?‹«

»Ah, das ist recht. Eine jederzeit wohl aufzuwerfende Frage, besonders auf Landpartien.«

… wie Ehen sind, das wissen immer nur die Eheleute selbst, und mitunter wissen's auch die nicht.

Frauen sind für Parteinahme, versteht sich, wenn es ihrer Partei zugute kommt.

Vier Schiffe in einer Wochen verlieren, ist etwas viel; wenn einem dann aber am Sonnabend auch noch die Frau durchgeht, so ist das keine Steigerung des Pechs, sondern eine Balanzierung.

… auch der älteste Flaschenwein kommt noch mal ins Steigen und Gären.

… Wiederverheiratung eines alten Lebemannes ist etwas ganz Triviales.

Männer sind immer gewissenhafter und gerechter, aber ihre Gewissenhaftigkeit und Gerechtigkeit läuft auf Kleinkram oder, wenn dies zu hart ist, auf »Nummer für Nummer« hinaus. Kluge Frauen – wenn sie nicht einen *zu* schlechten Charakter haben, und die ganz klugen sind selten ganz schlecht – gehen immer aufs Ganze, irren im Einzelnen, aber treffen den Kern. Intuition geht über Studium.

Männer – und nun gar, wenn sie Prinzipien haben – sind immer »alte Ekels«.

Noblesse oblige, aber Wissen und Bildung obligieren auch und ein gutes Herz und eine gute Frau noch mehr.

Mit Frauen, die *nie* gute Dienstleute haben, hab ich [...] kein rechtes Bedauern.

... Frauen haben eine Vorliebe für Bummelbrüder und finden eine Art Anziehungskraft in Eigenschaften und sittlichen Mängeln, die sie an ihren *Männern* höchlichst übelnehmen würden.

Man kommt nun allgemach in die Jahre, wo man wahrnimmt, dass man nicht notwendig geliebt werden *muss*, und wo man schon zufrieden ist, dann und wann zu erkennen, dass man wenigstens noch geliebt werden *kann*.

IX
Einen Abend beim Prinzen

… wie viel hat das Leben, aber für wie wenige nur.

König Ludwig II. war verrückt, aber dass er keine Menschen und am wenigsten seine Bierbayern sehen wollte, kann ich ihm nicht verdenken.

Was ist der einzelne? gar nichts. Wenn der alte Wilhelm stirbt, kann man Radau machen, ein Commerzienrat ist ein Commerzienrat. Man kann nicht still genug in seine letzte Wohnung einziehn.

Ein Chinese ('s sind schon an 200 Jahr)
In Frankreich auf einem Hofball war.
Und die einen frugen ihn: ob er das kenne?
Und die andern frugen ihn: wie man es nenne?
»Wir nennen es tanzen«, sprach er mit Lachen,
»Aber wir lassen es *andere* machen.«

Glanz ist zum Ansehn, aber nicht zum Mitmachen.

Schönheit und Reichtum haben wenigstens *das* Gute, dass sie hübsche Bilder geben im Kuckkasten des Lebens.

Man muss die vornehmen Leute nicht immer daran erinnern, dass sie vornehm sind.

Ein einziges, allerdings sehr reiches und prächtiges Grabmonument erhebt sich an dieser Stelle: das von Glume herrührende Marmordenkmal des Ministers von Viereck. […] Die Gestalten, aus denen sich das Ganze zusammensetzt, sind folgende: der Tod mit der Sichel und ein Engel mit dem Palmzweig, wozu sich dann, von der andern Seite her, eine weibliche Figur mit einer weit geöffneten Leuchte gesellt, unzweifelhaft um das »Licht der Aufklärung« anzudeuten, das wenigstens zu der Zeit, als das Denkmal angefertigt ward […] als unerlässliches Requisit eines preußischen Kultusministers angesehen wurde. Die Büste des Ministers krönt das Ganze; darunter sein und seiner beiden Frauen Wappen, und unter diesen wiederum eine lateinische Inschrift in Goldbuchstaben, die, wie sich denken lässt, nur bei den Verdiensten des illustren Mannes verweilt und keinen Nachklang enthält von jener Reprimande König Friedrich Wilhelms I., die da lautete: »Geheimer Rath von Viereck soll sich meritiret machen, nicht zu viel à l'Hombre spielen, diligent und prompt in seiner Arbeit sein, nicht so langsam und faul, wie er bisher gewesen.«

Der Unterschied zwischen preußischen Kabinettsorders und Grabschriften war immer groß.

Vornehme Leute sind misstrauisch.

Alles Große hüllt sich in Dunkel, und alles Dunkle (nur muss es *sehr* dunkel sein) darf auf die Größe pochen, die sich in ihm verbirgt.

Aber was heißt großer Stil? Großer Stil heißt so viel, wie vorbeigehen an allem, was die Menschen eigentlich interessiert.

Die Deutschen haben ein gewisses brutales Talent zum Regieren [...], aber gerade weil sie zu regieren verstehen, sind sie schlechte Hofleute.

Cedo majori

Als des Barones Podagra
Nun seine Muse kommen sah,
Erschrak es sehr und sagte: »Ach,
Daneben bin ich doch zu schwach«,
Und packte schnell sein Zwickzeug ein
Und ließ die beiden ganz allein.

... dem einen gefällt dies, dem andern das, und den ganz Feinen gefällt gar nichts.

Der Naturbursche kann heulen und schrein und braucht vom Ästhetischen keinen Schimmer zu haben, Leute aus der Oberschicht aber müssen in ihrer Haltung, in Wort und Schrift, Geschmack zeigen.

Das immer Arbeiten-müssen macht egoistisch wie alles Ausschließliche; es ist bürgerlich respektabel und verdirbt *doch* den Charakter. Ein liebenswürdiges Bummeln, wenn es ohne schwere Pflichtverletzung geschehen kann, berührt wohltuender als die ewige unerbittliche Korrektheit.

»… zufriedene Hofleute sind allemal öd und langweilig, aber die Frondeurs, wenn *die* den Mund auftun, da kann man was hören, da tut sich einem was auf.«

»Gewiss«, sagte Armgard. »Aber trotzdem, Herr von Stechlin, ich kann das Frondieren nicht leiden. Frondeur ist doch immer nur der gewohnheitsmäßig Unzufriedene, und wer immer unzufrieden ist, der taugt nichts. Immer-Unzufriedene sind dünkelhaft und oft boshaft dazu, und während sie sich über andre lustig machen, lassen sie selber viel zu wünschen übrig.«

Das »Frühlingslied« von Uhland oder eine Strophe von Paul Gerhard ist mehr wert als 3000 Ministerial-Reskripte. Nur die ungeheure Eitelkeit der Menschen, der kindische Hang nach Glanz und falscher Ehre, das brennende Verlangen, den alten Wrangel einladen zu dürfen oder eine Frau zu haben, die Brüsseler Spitzen an der Nachtjacke trägt, nur die ganze Summe dieser Miserabilitäten verschließt die modernen Herzen gegen die einfachsten Wahrheiten und macht sie gleichgültig gegen das, was allein ein echtes Glück verleiht: Friede und Freiheit.

Früher fing die Menschheit erst beim Baron an, jetzt bei dem, der Champagner bestellt.

Wenn man die Wahl hat zwischen Austern und Champagner, so pflegt man sich in der Regel für Beides zu entscheiden.

... ich hasse (es), wenn einem eine gebratene Taube ins Maul fliegt, beim Schicksal auch noch auf Kompott zu bestehn.

... man isst gerne mal 3 Gerichte ...

Diners sind gut, Kaffees schlimm.

Damals lebte der alte Geheimrat Professor Dr. Tölken, Ritter pp., ständiger Sekretär der Königlichen Akademie der Künste. Mitunter kam er in die Rosesche Apotheke, wo ich damals Lehrling war, und bat um einen Magenbittern. Ich mischte ihm dann das Feinste zusammen, was es in beiden Hemisphären gab, und sah ihn mit einer Ehrfurcht an, als ob er wenigstens ein Isispriester wäre. Käm' er heut in die Rosesche Apotheke, so würd ich ihm einfach einen Gilka einschenken. »So kommt man 'runter.«

»Es kommt auf das innerliche Leben an, nicht auf das äußerliche: die Äpfel mit der schönen Schale sind meist wurmstichig.«

»Und die grauen Renetten überdauern den ganzen Winter.«

Die große Welt ist klein, und die Größe liegt ganz woanders.

Einfache Lebensverhältnisse sind allen andern vorzuziehn; der Geist ist dabei am freisten. Nur die tägliche Schrippe darf nicht fehlen.

… kleine Verhältnisse machen klein.

Wer sich selbst in die zweite Reihe stellt, kommt nie in die erste.

… auch die Bettelei hat ihren bestimmten Stil.

… Misere ist schlimmer als Verbrechen.

Man wird je nach den Personen, mit denen man verkehrt, sein gesellschaftliches Betragen in Einklang mit deren Wünschen und Anschauungen zu bringen haben, aber im letzten wird man bleiben, wie man ist, bevor einem nicht das Einsehn kommt, dass dies »Sein« eigentlich nichts taugt.

… man sollte, Individuen wie Stämmen gegenüber, doch nach gerade darauf verzichten, die Grobheit als die Vorhalle zum Tempel der Wahrheit einzusehen. Auch die Grobheit lügt. Und die Geschliffenheit, selbst mit den Mängeln, die sie haben mag, steht jedenfalls der Kultur näher als ihr Gegenteil.

Das Schlimmste bleibt schließlich doch immer die Langeweile; vom Standpunkt der Gesellschaft aus, ganz gewiss.

… die Verhältnisse gestatten nur selten gewünschten Anstand.

»Jedes Tierchen sein Manierchen«; wenn nur die Manier nicht einfach als Unmanier auftritt.

Wenn man die Stimmung in unsrer Oberschicht belauscht, wenn man in unsre Zeitungen hineinkuckt, die den Leuten nach dem Munde reden, so sollte man glauben, Berlin spaziere an der Tête der

Zivilisation. Es ist aber sehr weit ab davon. Jeder Berliner Bäcker bildet sich ein, Berliner Backware sei was ganz Besondres, während sie, wenn man nicht als Fremder im Hôtel de Rome wohnt, erbärmlich ist.

Prüderie ist kleiner Stil …

Der Gewöhnlichkeit gehört die Welt. Es tangiert mich aber nicht, so lang ich ein Bett und ein Glas Tee habe.

Adlige müssen adlig sein und Geschäftsleute geschäftsmäßig. Es ist nie gut, wenn die einen wie die andern über ihr Geschäft hinweg sind.

Einem armen Mensch ist nichts heilig, auch kein Bußtag.

Die Natur adelt; alles andre ist Unsinn, und eine der mir degoutantesten Erscheinungen ist es immer gewesen, gerade in den Romanen liberaler und allerliberalster Schriftsteller, den Hauslehrer oder die Gouvernante, wenn sie heldisch-siegreich auftreten, sich schließlich immer als Graf oder Gräfin entpuppen zu sehn.

Kümmerliche Verhältnisse sind schrecklich, kleine Verhältnisse sind ein Segen. Kleine Verhältnisse nenn' ich Professor, Pastor, Landrichter.

Und sind auch verschieden der Menschheit Lose,
Gleichmacherisch wirkt die Badehose.

… ich halte *diese* Form gesellschaftlicher Tournure für die höchste: Freiheit und Natürlichkeit bei Zartheit und Rücksichtnahme. Die gewöhnliche gesellschaftliche Feinheit besteht aus äußerlicher Geschraubtheit und innerlicher Rücksichtslosigkeit.

Der richtig organisierte Mensch (und gerade bei Prinzen und Grafen findet sich das am häufigsten) pfeift auf 15 Fuß hohe Salons mit tubablasenden Stuckengeln und ist froh, eine Stimmung kultivieren zu können, als befände er sich in Schlafrock und Pantoffeln.

Der Mensch, der so viel sein kann, ist in der Gesellschafts- und Geldsphäre doch recht wenig. Die Menschheit fängt nicht beim Baron an, sondern, nach unten zu, beim 4. Stand; die 3 andern können sich begraben lassen. So lange man die Dinge um einen her wie selbstverständlich ansieht, geht es, aber bei Beginn der Kritik bricht alles zusammen. Die »Gesellschaft« ist ein Scheusal.

Gerade die vornehme Welt ist wie prädestiniert, von Kurpfuschern (auf *jedem* Gebiet) ausgebeutet zu werden.

Manche Menschen gedeihen in der Einschränkung besser [...], aber die Meisten kriegen doch was vom Knieholz.

... Kinder sind eigentlich ein Luxusartikel, den nur, wie Pferde und Wagen, vornehme Leute zu halten berufen sind.

X

Bei Sturm und Regen auf dem Haveldampfer

Zu den Eigentümlichkeiten unserer Zeit gehört das Massenreisen. Sonst reisten bevorzugte Individuen, jetzt reist jeder und jede. Kanzlistenfrauen besuchen einen klimatischen Kurort am Fuße des Kyffhäuser, behäbige Budiker werden in einem Lehnstuhl die Koppe hinaufgetragen, und Mitglieder einer kleinstädtischen Schützengilde lesen bewundernd im Schlosse zu Reinhardsbrunn, dass Herzog Ernst in fünfundzwanzig Jahren 50157 Stück Wild getötet habe. Sie notieren sich die imposante Zahl ins Taschenbuch und freuen sich auf den Tag, wo sie in Muße werden ausrechnen können, wieviel Stück auf den Tag kommen.

Alle Welt reist. So gewiss in alten Tagen eine Wetterunterhaltung war, so gewiss ist jetzt eine Reiseunterhaltung. »Wo waren Sie in diesem Sommer«, heißt es von Oktober bis Weihnachten; »Wohin werden Sie sich im nächsten Sommer wenden?« heißt es von Weihnachten bis Ostern; viele Menschen betrachten elf Monate des Jahres nur als eine Vorbereitung auf den zwölften, nur als die Leiter, die auf die Höhe des Daseins führt. *Um* dieses Zwölftels willen wird gelebt, *für* dieses Zwölftel wird gedacht und gedarbt; die Wohnung wird immer enger und die Herrschaft des Schlafsofas immer souveräner, aber »der Juli bringt es wieder ein«. Ein staubgrauer Reiseanzug schwebt vor der angenehm erregten Phantasie der Tochter, während die Mutter dem verlegenen Oberhaupt der Familie zuflüstert: »Vergiss nicht, dass du mir immer noch die Hochzeitsreise schuldest.« So hofft es und heißt es in vielen tausend Familien. Wie sich die Kinder auf den Christbaum freuen, so freuen sich die Erwachsenen auf Mittsommerzeit; die Anzeigen der Saisonbillets werden begieriger gesucht als die Weihnachtsannoncen; elf Monate *muss* man leben, den zwölften *will* man leben. Jede Prosaexistenz sehnt sich danach, alljährlich einmal in poetischer Blüte zu stehen.

Die Mode und die Eitelkeit haben ihren starken Anteil an dieser Erscheinung, aber in den weitaus meisten Fällen liegt ein *Bedürfnis* vor. Was der Schlaf im engen Kreise der vierundzwanzig Stunden ist, das ist das Reisen in dem weiten Kreise der 365 Tage. Der moderne Mensch, angestrengter, wie er wird, bedarf auch größerer Erholung. *Findet er sie?*

Wenn einer von Potsdam nach Wernigerode geht, so kommt er aus dem Regen in die Traufe.

Reisen ist gut, aber reisen à tout prix ohne Rücksicht auf Leib, Seele und Thermometer, ist Blödsinn.

Überhaupt alle diese Sommerfrischen! In den ersten Tagen lebt man auf, findet es göttlich schön, und hält sich 6 oder 8 Wochen auf der Höhe. Bricht aber das Elend, in Gestalt irgend einer Krankheit (am schlimmsten das Gastrisch-nervöse) erst mal herein, so ist man verloren. Der naive Misthaufen, das überall hingelegte Huhn- oder Katzenklexchen, das Wasser aus höchst fragwürdigen Rinnsalen, die geheimnisvoll, meist unter Blumen versteckt, einmündenden Abzugskanäle, die Champignons, die in der Stube wachsen, die Mäuse, die knabbern, das Fleisch, das Leder und der Wein, der mit Sprit versetzte Tinte ist, – das alles fängt dann plötzlich an fürchterlich zu werden, weil es wohl der Gesunde, aber nicht der Kranke ertragen kann.

Jeder Blick ins Freie ist nach 24 Stunden gleich hübsch.

Von meinem hiesigen Aufenthalt ist bis zur Stunde wenig zu berichten; ein Blick auf Berg und Wiese ist angenehm, Kindergeschrei und Hühnergegackel sind unangenehm, das ist so ziemlich alles, was ich bis diesen Augenblick von meiner Sommerfrische berichten kann, auf die der Mensch sich 11 Monate freut, um dann im 12. zu erfahren, dass es auch nichts ist.

Die Herren Wirte sind des Publikums willen da, nicht das Publikum der Wirte willen. Aber überall verkehrt sich der natürliche Lauf der Dinge, und gegen die Verkehrtheit ankämpfende Gemeinplätze werden wieder zu Weisheitsregeln.

Mit ein bisschen Sprachkenntnis kommandiert man keine Regimenter.

Die volle Kenntnis einer fremden Sprache ist wie ein Kapital, von dessen Zinsen man leben kann.

Wie dumm ist es, sich zu überheben; hinterm Berge wohnen auch immer Leute.

… in Galizien einsam auf einem Schloss zu wohnen, muss ein schlechtes Vergnügen sein …

Davon zu lesen, dazu ist der Orient gut, zum Leben der Okzident, und je mehr nach Westen, desto besser.

Dem Nationalen haftet immer etwas Enges an.

Man kann alle Reisenden in zwei Charakterklassen teilen, in freundliche Sanguiniker, die überall sehen und auch sehen *wollen*, wodurch sich die Fremde vorteilhaft von ihrer Heimat unterscheidet, und in leberkranke Nörgler, die sich zu Hause eine Vortrefflichkeitsschablone zurechtgemacht haben und über alles verstimmt sind, was davon abweicht.

»... Wenn ich so bloß an Italien zurückdenke. Sehen Sie, da läuft man nu so 'rum, was einen doch am Ende strapziert, und dabei dieser ewige pralle Sonnenschein. Ein paar Stunden geht es; aber wenn man nu schon zweimal Kaffee getrunken und Granito gegessen hat, und es ist noch nicht mal Mittag, ja, ich bitte Sie, was hat man da? Was fängt man da an? Geradezu schrecklich. Und da kann ich Ihnen bloß sagen, da bin ich ein kirchlicher Mensch geworden. Und wenn man dann so von der Seite her still eintritt und hat mit einem Male die Kühle um sich 'rum, ja da will man gar nicht wieder 'raus und sieht sich so seine funfzig Bilder an, man weiß nicht, wie. Is doch immer noch besser als draußen. Und die Zeit vergeht, und die Stunde, wo man was Reguläres kriegt, läppert sich so heran.«

»Ich glaube doch«, sagte der für kirchliche Kunst schwärmende Baron Beetz, »unser Freund Gnewkow unterschätzt die Wirkung, die, vielleicht gegen seinen Willen, die Quattrocentisten auf ihn gemacht haben. Er hat ihre Macht an sich selbst empfunden, aber er will es nicht wahrhaben, dass die Frische von ihnen ausgegangen sei. Jeder, der was davon versteht ...«

»Ja, Baron, das is es eben. Wer was davon versteht! Aber wer versteht was davon? Ich jedenfalls nicht.«

Wenn man sich mit seiner Frau gezankt hat, berührt einen die »blaue Grotte« wie ein Gefängnisloch, drin man sie einsperren möchte.

Das *Wichtigste* hat man, beinah ausnahmslos, immer ganz billig, denn das Wichtigste ist doch immer das, was sozusagen auf der Straße liegt. Über die Piazza dal Popolo oder den Corso fahren, den Vatikan und die Peterskirche sehn, durch das Colosseum schreiten und auf dem Forum romanum unter Trümmern Umschau halten, kostet zunächst gar nichts. Die Tiber fließt kostenlos an mir vorbei, und die sieben Hügel präsentieren sich mir, ohne Entrée zu verlangen.

Die Deutschen mit ihrer »ewigen Ordnung« kann ich nicht als das Ideal der Schöpfung ansehn. Es ist gerade gut genug für den Alltag und – die Langeweile.

Der Deutsche, wenn er nicht besoffen ist, ist ein ungeselliges, langweiliges und furchtbar eingebildetes Biest.

Der kneipenlose Deutsche ist keiner und zählt nicht mit.

In Liebenswürdigkeit und der ganzen Welt der Formen stehen wir jammervoll zurück. Man kann doch nicht nach Deutschland kommen, bloß um im Lande Luthers oder Goethes oder Friedrichs des Großen oder Bismarcks zu leben.

Ein Sachse tut keinem was und ist auch kaum eine Störung.

Sie sind doch ganz kleiner Stil, so recht echte sächsische Naturen. Immer Kuchen und Blümchenkaffee, oder was dasselbe sagt: dünn und süß.

Alles, was sich in *Leipzig* die Sporen verdient hat, ist schwabblig, kraft- und saftlos.

… die Halbheit hat noch nie die Welt erobert, am wenigsten Berlin.

Der Berliner ist nun mal ohne Grazie, vor allem, wenn er's gut meint und »vertraulich« wird.

»Da frage nur bei edlen Frauen an« oder so ähnlich im Tasso, wenn ich nicht irre; ob Goethe das wohl geschrieben hätte, wenn er sein Leben unter Berliner Madamms zugebracht hätte.

Der Berliner zweifelt immer.

… der Durchschnitts-Berliner ist unausstehlich und doppelt auf Reisen; er ist immer laut, eitel und zudringlich, nicht mit seiner Person, aber durch seine Manieren.

… Spree-Athen hat keine Athenienser …

… der Normal-Berliner kümmert sich doch eigentlich nur um Berlin und um das, was gerade oben auf schwimmt.

Es gibt kein unbedingtes und ungetrübtes Glück, das länger als 5 Minuten dauert. Das Tollste sind Flitterwochen in einem englischen Seebade. *So* langweilig, dass Zankszenen eine Erlösung werden.

… ebenso gewiss, wie man in der Wüste Durst und in Spitzbergen den Skorbut kriegt, ebenso gewiss erzeugt England Apathie.

Frankreich verändert – auch das Gute; England konserviert – auch das Schlechte.

Der große Rathaussaal voller Bilder, Holzschnitzereien und Schiffsmodelle, fesselte mich über eine Stunde. Ein Rathausdiener machte den Cicerone: »Diese Stühle sind aus dem Jahre 1761, diese Uhr ist beinah 500 Jahr alt, diese Kaiserbilder sind aus dem

Jahre 1524.« Ich sagte ihm: »Die Stühle sind aus dem Jahre 1810, die Uhr ist höchstens 250 Jahre alt, und die Kaiserbilder sind nicht von 1524, sondern von 1824.« Es ist unglaublich, was einem in Schlössern und Kirchen und Rathäusern alles vorgequatscht wird.

Die *See*fahrt […] dauerte 4 Stunden und war sehr schön. Alles blieb leidlich gesund und nur eine einzige Dame, dicke Maschine, wurde seekrank. Und zwar in demselben Moment, wo das Schiff sich in Bewegung setzte. Sie litt unsagbar und war leidlich tapfer dabei. Wer so organisiert ist, muss zu Hause bleiben, was sie sich auch vornahm. Aber es ist damit wie mit den Entbindungen. Nächsten Sommer wird sie doch wohl wieder hingehn.

… das dolce far niente des Landlebens zählt bekanntlich zu den größten Anstrengungen und konsumiert noch mehr Zeit als ›Sitzungen‹. Für mich ein Wort, in dem sich Komik und Schrecknis glücklich mischen.

Nichts ist falscher als die Vorstellung der Gutsbesitzer, man könne sich bei ihnen ein Ränzelein anmästen; im Gegenteil, man fällt ab und kommt von Kräften.

Wer nicht auf sein Landgut gehen kann, bleibe, wenn er alt ist, lieber zu Hause.

… auch die gastlichste Gastlichkeit hat ihre Grenzen.

Wer in Bäder und Sommerfrischen gehen will und alt ist, der muss Bekanntschaft um sich her haben; hat er die nicht, so tut er besser, er bleibt zu Hause und legt sich ins Bett.

… man erwartet stets eine hohe, geheimnisvolle Welt, um schließlich gewahr zu werden, dass die Müllers und Schultzes überall ihre Zelte aufgeschlagen haben.

»Sie fragen nach Wildstand und Wilddieben. Nun, der Wilddiebe hat der Brieselang wohl nicht allzuviel, aber der Walddiebe desto mehr. Sie glauben gar nicht, was in solchem Walde alles steckt und wie viele Hunderte von Menschen daraus ihre Nahrung oder doch einen Teil ihres Erwerbes ziehen. Es mag wohl zwanzig Arten von ›Jägern‹ geben, die hier im Brieselang zu Hause sind. Vielleicht noch viel mehr.«

»Und das wären?«

»Ich will Ihnen nur ein halbes Dutzend nennen. Da sind die Kräuterjäger, die Käfer-, Fliegen- und

Insektenjäger, die Eier- und Vogeljäger, die Laubfroschjäger, die Schlangenjäger, die Ameisenjäger. Auf dem Schwanenkruge versammeln sich im Juni allerlei Gestalten, jung und alt, die Jagd auf wilde Rosenstämme, auf ›Hagebuttensträucher‹ machen, während andere, etwas früher schon, aber mit derselben Pertinazität, dem jungen Faulbaum nachstellen.«

»Dem Faulbaum?«

»Ja! das Faulbaumholz gibt eine allerbeste Kohle für die Pulverfabrikation. Selbst Pappeln und Linden kommen gegen den Faulbaum nicht auf. Da ist denn immer Nachfrage und so macht sich der Handel. Nun werden Sie fragen: ist das legal? Und die Frage ist nur allzu berechtigt. Aber wer will in der Kohle noch nach der Legalität des Holzes spüren? Wer kauft Pottasche und verlangt Ausweis über den eingeäscherten Wald?«

»Ich verstehe. Aber Sie sprachen auch von Schlangenjägern. Das klingt ja bedenklich. Sind wir hier auf Reptilienterrain?«

»Nicht gerade hier. Aber weiter rechts, nach dem Spandauer Forst hinüber, da sind die Schlangen zu Hause.«

»Blindschleichen, Kolumbellen?«

»Nicht so harmlos. Die echte Kreuzotter. Es sind dort Stellen, wo sie so dicht wie Regenwürmer liegen. Diese Stellen kennen die Schlangenjäger ganz genau. Ihre ganze Waffe besteht in einem Stock, der vorn gegabelt ist. Nun lüften sie das halbverfaulte Gebälk, darunter die Kreuzotter liegt, und im nächsten Moment fahren sie mit dem Stock derart in die Erde, dass die Gabel sich wie ein Halsring um die Schlange legt. Nun ist sie wehrlos und wird durch eine zweite Manipulation in einem Behälter, meist einer Flasche, untergebracht.«

»Ist dies nun wissenschaftliche Passion?«

»Unter Umständen ja. Aber zumeist Erwerb. Solche Kreuzotter hat ihren Wert. Da sind Händler, auf deren Preiskuranten die Rubrik ›Schlange‹ eine halbe Spalte füllt.«

»Aber wer kauft dergleichen?«

»Hunderte von Personen. Da sind zuerst die Zoologen und Toxikologen von Fach, da sind die unerbittlichen Männer der Vivisektion, die von dem harmlosen Kaninchen mal gern auf ein kleineres Ungetüm mit Giftzahn und Giftblase überspringen (ein höherer Sport, weil gefährlich), und da sind endlich die chemisch-physikalischen Oberlehrer dieses oder jenes Progymnasiums, die das Naturalienkabinett in Pritzwalk oder Pasewalk auf der ›Höhe der Wissenschaft‹ zu erhalten, d.h. mit allerhand Reptilien in Glasflaschen auszustaffieren wünschen.«

»Auch mit Kreuzottern?«

»Gewiss. Die Herren von der Feder glauben immer, dass sich die Welt bloß aus Autographen- und wenn es hoch kommt aus Kupferstichsammlern zusammensetzt. Sie glauben gar nicht, was alles gesammelt wird.«

… der einzige Trost (freilich ein leidiger) muss mir bleiben, dass es mit Sehenswürdigkeiten vielfach ist wie mit Quellenbüchern: man hört von ihrer Existenz erst, wenn man mit der Arbeit fertig ist.

… es kommt nicht auf die Masse des zu Sehenden und kaum auf die Bedeutung des einen oder andern an, sondern lediglich darauf, mit welchem Auge man sieht.

Der Raum ist ein überwundener Standpunkt und in Hongkong sprechen sie schon im Club von einer Sache, die der am Tatort um die Ecke Wohnende erst mehrere Stunden später erfährt.

XI

Ein mitternächtiger Schlummerpunsch

Es ist wunderbar, in wie nahen Beziehungen Menschenglück und Putenbraten zu einander stehn, und welche Püffe das Herz verträgt, wenn man jeden Schlag mit einer Flasche Markobrunner parieren kann.

… die wahre Treue des Gemüts muss sich in *Allem* spiegeln …

Der Mut, den wir einzig und allein brauchen können, ist das Resultat der Liebe, der Pflicht, des Rechtsgefühls, der Begeistrung und der Ehre, er ist nicht angeboren, sondern er *wird*, er wächst.

Wer ein Ziel will, darf den Weg nicht scheuen, er sei glatt oder rauh.

Ohne Wagestück geht es nicht.

Wo die *Kraft* ist, da entsteht von selbst ein Mittelpunkt …

Es ist das traurige Vorrecht der gebrochenen Kraft, an alle Formen des Untergangs zu denken und zu glauben …

Ruhe, Stille, Sofa und eine Tasse Tee geht über alles.

Gut ist gut und besser ist besser.

Mit der Zeit kommt alles, Orden – Titel – Tod.

… Glück ist doch besser als Verdienst, und es wohnt ihm auch eine schöne, poetische, gutmachende Seite ein.

… Verpustung ist Leben.

Independenz über alles. Alles andre ist zuletzt nur Larifari.

Anerkennung […] hat nur Wert von dem, der frei ist und wohlbewusst zwischen gelungen und misslungen unterscheiden kann.

Gutes darf man […] zweimal sagen.

Wer ausdauert, erreicht alles.

Schwierigkeiten locken, wenn sie nur nachher belohnt werden.

Das Glück besteht darin, dass man *da* steht, wo man seiner Natur nach hingehört; selbst die Tugend- und Moralfrage verblasst daneben.

Alles, was uns wertvoll dünkt, ist ja nicht wertvoll an sich, sondern ist in seinem Wertstand einfach durch unser Leben bedingt. Schweigt das Leben, so schweigt der Wunsch. »Das Leben ist der Güter höchstes nicht.« Dass man lebt, ist nicht nötig; nur das empfind ich immer tiefer: »Wenn man überhaupt lebt, muss man auch leben *können*.«

Mittelkurs zwischen Eitelkeit und Indifferenz! Das ist überhaupt das Richtige!

… die Dinge machen es nicht, sondern unsre Stellung dazu.

… bringe, so lang es geht, Dingen u. Personen Liebe entgegen, das erwirbt einem auch Liebe, und wenn dies ausnahmsweise missglückt, so hat man doch die Ruhe des Gemüts, die des Lebens Bestes ist.

In einem schönen Sinne dienen, d. h. also Pflichten übernehmen und erfüllen und dabei der Anerkennung aller Nächstbeteiligten sicher sein, ist etwas Hocherfreuliches [...]; bald gewöhnt man sich an das Gute, nimmt es als selbstverständlich hin und hat eine Neigung, *das* zu betonen, was fehlt. Es gehört zu den ersten Regeln der Lebensklugheit, über dies Fehlende, wenn es nicht schwerer wiegt als das Gute, was da ist, hinweg sehn zu lernen.

Das Wenigste ist immer das Meiste, und Faust war erst glücklich, als er den Kanal graben wollte, oder gegraben hatte. Eine Art Apotheose des Kanalarbeiters.

Man muss nicht mehr wollen, als man kann. Wer mit einem Riesen anbinden will, muss selber einer sein. Ohne Kampf, unter Anwendung kleiner Mittel, sind freilich zu allen Zeiten Riesen gestürzt worden; aber was ein Intrigant kann, kann ein Ehrenmann nicht, eben weil er *der* ist, der er ist.

Einfachheit, Schlichtheit, Wahrheit, Anspruchslosigkeit – da liegen Glück und Schönheit.

Je älter ich werde, je mehr sehe ich ein: laufen lassen, wo nicht Amtspflicht das Gegenteil fordert, ist das allein Richtige.

… nimm teil an der Freude der andern. Dabei fällt dann immer auch etwas eigne Freude ab.

Nur immer sein Bestes tun, *da*rauf kommt es an.

Eigentlich ist es ein Glück, ein Lebelang an einer Sehnsucht zu lutschen …

Aber schließlich, was ist interessant? Doch am Ende nur das, was fleißig und ordentlich ist. Alles andre ist Schwindel oder nicht besser als Polizeibericht. Im Gegenteil; *der* hat wenigstens die Phrasenlosigkeit.

Glück ist überall, und wenn man's hat, so soll man's halten, und wenn es in Tobolsk oder gar in Ochotzk wäre. Zerrinnt es einem aber zwischen den Händen oder wird aus Brot ein Stein oder aus einem flatternden Band ein Strick, dann Sorgetragung für *change of air*, dann weg, fort.

Bei Lichte besehn sind Ruhe und Glück überhaupt dasselbe.

… wenn Herkules 40 Jahre lang Steinträger gewesen und 3mal mit der Molle die Leiter heruntergefallen wäre, wär' er auch nicht Herkules mehr.

Après nous le déluge. Schaudervoller Satz, aber, wie die meisten schaudervollen Sätze, von einer lebenspraktischen Richtigkeit.

Es gibt nur ein Mittel, sich wohl zu fühlen: man muss lernen mit dem Gegebenen zufrieden zu sein und nicht immer *das* verlangen, was gerade fehlt.

Das Schlimmste sind immer die Halbheiten …

Der Zweck heiligt die Mittel. Ich bin im Ganzen genommen für *diesen* Satz, aber es muss ein richtiges Verhältnis zwischen beiden bestehn …

… das durch Herz und Liebe Gebotene ist auch immer das Weiseste.

Man sieht an einem Strohhalm am besten, wo der Wind herkommt …

Lob zu hören, ist freilich immer angenehm, das hängt nun mal mit der Ichheit zusammen, aber für einen leidlich verständigen Menschen fällt doch die Qualität mehr ins Gewicht als die Quantität …

Das den Dingen scharf ins Gesicht-sehn ist nur momentan schrecklich, bald gewöhnt man sich nicht nur daran, sondern findet in der gewonnenen Erkenntnis, auch wenn die Ideale darüber in die Brüche gingen, eine nicht geringe Befriedigung.

Der Charakter entscheidet.

… so lange man noch Geld und Rückzugslinien hat, geht alles.

Alles kommt auf die Beleuchtung an.

… man muss sich um des Morgen willen das Heute nicht schon verderben; ohne ein bescheiden Teil Leichtsinn ist überhaupt nicht zu leben.

Ein alter bewährter Freundeskreis ist unbezahlbar, aber er reicht nicht aus, wenn nicht frische Elemente gelegentlich hinzukommen.

… verehren, bewundern und *doch* eine Meinung und den Mut eines gelegentlichen »Nein« haben. So muss es sein.

Hervorragende Menschen sind höchst selten sittliche Größen und Biedermänner …

Immer schreitet eine Angst, eine Sorge, ein Schmerz, ein Pickel, neben unsrem Glück und unsren Plänen

Theodor Fontane
Kreidezeichnung von Fritz Werner, 1890

her, namentlich aber immer in dem Augenblick, wo sie sich erfüllen sollen.

Die Fälle, wo alles Gute zusammenfällt, sind selten …

Es gibt wenig Gegnerschaften im Leben, mit denen man so beharrlich zu kämpfen hat wie mit der Neidhammelei.

Nichts ist seltener als Reue; jeder ist schließlich mit seinem Tun zufrieden und würd' es, wenn es ginge, wieder so machen.

Der passionierte Mensch hält alles aus …

… es braucht ja nicht jeder um 3 Uhr früh aufzustehn und 15 Stunden Steine zu klopfen; man kann sich auch anderweitig im Leben nützlich machen, mancher bloß dadurch, dass er *da* ist, durch Freundschaft, Treue, Liebenswürdigkeit …

Gut Beispiel hilft.

… Absolvierung des Unangenehmen ist immer erstes Gebot …

… nur der, der nichts weiß, weiß es ganz bestimmt.

Wer zu viel und zu scharf sieht, sieht auch falsch.

… das Gelungene ist immer siegreich, das Schwache wirkt leicht verdrießlich.

Es gibt nichts Rührendres als Wahrheit. All die Niedertracht der Welt schadete auch nicht viel, ja ich könnte einen Kunstgenuss daran haben, wenn man sie nur zugäbe.

… pas comprendre c'est pardonner.

… »je unverständlicher desto schöner«. Ein Satz, der übrigens für die Masse wohl ewig richtig bleiben wird.

… dann und wann muss man auch ein bisschen Courage haben.

… ich bin Monogamist auch der Freude gegenüber.

… zu weit gehende Tugenden werden immer missdeutet.

… nichts ist seltner, als dass Menschen durch ein ernstes Wort […] bekehrt, besiegt werden. Die gewöhnliche Folge ist Verstimmung und verdoppelte Auflehnung oder jenes berühmte »mit seinem Charakter zu Rate gehn«, was nie das Geringste hilft. Bekehrungen sind immer plötzlich; wie ein Blitz muss es vor einem stehn so oder so.

… ein bisschen anders wünscht man's immer …

»Wählt Euch eine Fakultät«, sagt schon Mephisto zum Schüler, aber eine Passion ist immer besser noch als eine Fakultät.

… immer von sich reden zu machen, – auch das ist ein Talent.

Die Kunst der Lebensführung besteht bekanntlich darin, mit gerade so viel Dampf zu fahren, wie gerade da ist.

Arm und zugleich frei und anständig sein, zählt zu den schwersten Aufgaben.

Ach, man muss an das Leben glauben, um glücklich zu sein; der schöne Wahn hält uns; »nur der Irrtum ist das Leben und die Wahrheit ist der Tod«. Schiller hat es auch *da*rin getroffen, wie so oft.

Echte, große Erfolge haben einen Zauber, die kleinen sind ridikül.

Jeder muss aus sich heraus beurteilt werden …

Bin ich von etwas Fehlerhaftem in mir *absolut* durchdrungen, so habe ich die Pflicht, diesen Fehler abzulegen oder wenigstens beständig dagegen anzukämpfen.

Es gibt einen Egoismus, der die vollkommenste Berechtigung hat, weil er nur Abwehr, Selbstverteidigung ist. Das »Ich« zu opfern ist etwas Großes, aber es ist eine Spezialbeschäftigung, Vorstufe zur Heiligkeit oder schon die Heiligkeit selbst, ein Etwas, das man bewundert, danach man aber unter gewöhnlichen Verhältnissen nicht leben kann. Dazu gibt es besondere Anstalten: Klöster, Wüstenhöhlen, Lazarete, Hospize.

Wir sind schließlich doch das, wofür uns andre halten.

… ohne Diplomatie geht überhaupt nichts und im eignen Hause gewiss nicht. Denn jeder wünscht leidlich zufriedne Gesichter zu sehn.

Wer seinen eignen Weg geht, begegnet immer Widerspruch …

Die Offenheit des Geständnisses söhnt mit allem aus.

Nur wer jeden Augenblick tief seine Unvollkommenheit empfindet, kann sich fortentwickeln.

Das Gefühl: »Ich war zu was da«, umschließt einen Schatz und doppelt für Frauen. Das ist *der* Punkt, in dem sie uns sicher überlegen sind, nicht für sich da sein, sondern für einen anderen oder für andere überhaupt.

Es ist auch wirklich gleichgültig, wo man ist und was man ist; es kommt nur darauf an, wer man ist …

An unbedingte Lauterkeiten glaub ich überhaupt nicht. Ja, sie sind mir unheimlicher als tüchtiges Verbrechertum …

Das Menschliche steht nicht bloß höher, es ist das einzige, was gilt. Entgegengesetzte Anschauungen sind für die Jugend.

Das Gute ist doch das Beste, wenn auch das Beste des Guten Feind ist.

Das Leben, Gott sei Dank, ist kein Tummelplatz großer Gefühle, sondern eine Alltagswohnstube, drin das sogenannte Glück davon abhängt, ob man friert oder warm sitzt, ob der Ofen raucht oder guten Zug hat. Liebe ist gut, aber sie lässt sich nach Minuten berechnen, alles andre hat lange Stunden.

Der natürliche Mensch will leben, will weder fromm noch keusch noch sittlich sein, lauter Kunstprodukte von einem gewissen, aber immer zweifelhaft bleibenden Wert, weil es an Echtheit und Natürlichkeit fehlt.

… sonderbar, alle korrekten Leute werden schon bloß um ihrer Korrektheiten willen mit Misstrauen, oft mit Abneigung betrachtet.

Alles lässt sich nicht zwingen, und die Kunst des Lebens läuft darauf hinaus, von 2 Übeln das kleinere zu wählen.

Es gibt nichts, was uns so Demut predigte wie die Wahrnehmung von der Entbehrlichkeit des einzelnen.

Nicht die Größe der Aufgabe entscheidet, sondern das »Wie«, mit dem wir die kleinste zu lösen verstehen.

Es gibt eine höchste Lebensform, und diese höchste Lebensform heißt: ›in Freiheit zu dienen‹.

Gott, was ist Glück! Eine Grießsuppe, eine Schlafstelle und keine körperlichen Schmerzen – das ist schon viel.

Man soll nicht unliebsam vergleichen …

Das Nebensächliche, soviel ist richtig, gilt nichts, wenn es bloß nebensächlich ist, wenn nichts drin steckt. Steckt aber was drin, dann ist es die Hauptsache, denn es gibt einem dann immer das eigentlich Menschliche.

Was verträgt sich nicht alles in einem Kopf, selbst in einem guten!

Hinter allem Ernst klingelt ein Clown her …

Es muss auch so gehn.

Textnachweise

Fontanes Werke

Fontanes Werke werden nach der Nymphenburger Ausgabe (München 1959–75) mit der Sigle N und Band- und Seitenzahl zitiert. Wo angebracht, ist dabei bei den Zitaten aus den Romanen und Erzählungen jeweils der Sprecher oder die Sprecherin hinzugefügt, da eine Identifikation mit Fontanes eigenem Urteil hier nicht ohne weiteres vorausgesetzt werden kann. Es gelten drei Ausnahmen:

(1) Da *ein* Zitat nicht in N enthalten ist, ist in diesem Fall auf den entsprechenden Band der Ausgabe des Hanser-Verlags (München 1962 ff.) zurückgegriffen worden.

(2) Die *Gedichte* werden nach der dreibändigen Ausgabe des Aufbau-Verlags (Berlin/Weimar 1989) mit der Sigle G und Band- und Seitenzahl zitiert.

(3) Für *Mathilde Möhring* ist die erste manuskriptgetreue Ausgabe, Bd. 7 der achtbändigen Ausgabe der *Romane und Erzählungen* des Aufbau-Verlags (Berlin/Weimar [3]1984), mit der Sigle A und Seitenzahl zugrunde gelegt.

Die einzelnen Werke Fontanes werden mit folgenden Siglen zitiert:

Ad	L'Adultera
BK	Berliner Kunstausstellung
CT	Causerien über Theater

FS	Fünf Schlösser
GP	Graf Petöfy
Hv	Havelland
JT	Frau Jenny Treibel
K	Meine Kinderjahre
KFr	Der Krieg gegen Frankreich
KrB	Reisebriefe vom Kriegsschauplatz Böhmen
MM	Mathilde Möhring
Okk	Aus den Tagen der Okkupation
P	Die Poggenpuhls
R	Von, vor und nach der Reise
SL	Ein Sommer in London
Spr	Spreeland
St	Der Stechlin
SvW	Schach von Wuthenow
Tw	Jenseit des Tweed
U	Unwiederbringlich
ZD	Von Zwanzig bis Dreißig

Fontanes Briefe

Ausgaben von Fontanes Briefen werden mit folgenden Siglen zitiert:

Br	Theodor Fontane: Briefe. 4 Bde. Hrsg. von Helmuth Nürnberger [u.a.]. München 1976–82.
Br(A)	Theodor Fontane: Briefe aus den Jahren 1856–1898. Hrsg. von Christian Andree. Berlin 1975.
BrD	Theodor Fontane: Briefe an den Verleger Rudolf von Decker. Mit sämtlichen Briefen an den Illustrator Ludwig Burger und zahlreichen weiteren Dokumenten. Hrsg. von Walter Hettche. Heidelberg 1988.

BrF Theodor Fontanes Briefe an seine Familie. 2 Bde. Berlin 1905.

BrFr Theodor Fontane: Briefe an Georg Friedlaender. Hrsg. und erl. von Kurt Schreinert. Heidelberg 1954.

BrH Der Briefwechsel zwischen Theodor Fontane und Paul Heyse. Hrsg. von Gotthard Erler. Berlin/Weimar 1972.

BrHz Theodor Fontane: Briefe an Wilhelm und Hans Hertz. 1859–1898. Hrsg. von Kurt Schreinert. Vollendet und mit einer Einf. von Gerhard Hay. Stuttgart 1972.

BrK Theodor Fontane: Briefe an Hermann Kletke. Hrsg. von Helmuth Nürnberger. München 1969.

Br(K) Theodor Fontane: Neunundachtzig bisher ungedruckte Briefe und Handschriften. Hrsg. und mit Anm. vers. von Richard von Kehler. Berlin 1936.

BrL Theodor Fontane und Bernhard von Lepel. Ein Freundschaftsbriefwechsel. Hrg. von Julius Petersen. 2 Bde., München 1940.

BrM Die Fontanes und die Merckels. Ein Familienbriefwechsel 1850–1870. Hrsg. von Gotthard Erler. 2 Bde. Berlin/Weimar 1987.

BrR Theodor Fontane: Briefe an Julius Rodenberg. Eine Dokumentation. Hrsg. von Hans-Heinrich Reuter. Berlin/Weimar 1969.

BrS Theodor Storm / Theodor Fontane: Briefwechsel. Hrsg. von Jakob Steiner. Berlin 1981.

BrW Theodor Fontanes Briefwechsel mit Wilhelm Wolfsohn. Hrsg. von Christa Schultze. Berlin/Weimar 1988.

Theodor Fontane: Briefe. 4 Bde. Hrsg. von Kurt Schreinert. Zu Ende gef. und mit einem Nachw. vers. von Charlotte Jolles. Berlin 1968–71.

BrMu/ BrE	Bd. 1: An den Vater, die Mutter und die Frau. 1968. [Die Sigle E steht für Emilie.]
BrMa/ BrLi	Bd. 2: An die Tochter und an die Schwester Lise. [Die Sigle Ma steht für Martha.]
BrRr	Bd. 3: An Mathilde von Rohr. 1971.
BrZ	Bd. 4: An Karl und Emilie von Zöllner und andere Freunde. 1971.

Wo Briefe nach *Zeitschriftenpublikationen* zitiert sind, werden folgende Siglen verwendet:

DtRd	Deutsche Rundschau
FBl	Fontane Blätter
JbSch	Jahrbuch der Deutschen Schillergesellschaft
NRd	Neue Rundschau
SchJb	Schiller Jahrbuch

Zur Textgestalt

Die Texte folgen zumeist der modernisierten Textgestalt der zitierten Editionen und wurden behutsam der neuen Rechtschreibung angeglichen. Bei einigen Briefen wurden darüber hinaus Orthographie und Interpunktion behutsam dem heutigen Gebrauch angeglichen. Textauslassungen sind durch Auslassungspunkte gekennzeichnet, eckige Klammern wurden jedoch nur gesetzt, wenn die Auslassungen nicht am Anfang oder Ende der Zitate stehen.

Die Kapitelüberschriften stammen aus Fontanes Briefen an seine Tochter.

Der Herausgeber dankt Carol Aikman und Luisa Caelli für ihre Hilfe bei der Erstellung der Druckvorlage.

17 1 N 19,89. | 2 BrE 161. | 3 Br 1,133. | 4 BrE 100. | 5 Br 4,698. | 6 BrMa 127. | 7 BrL 2,29.
18 1 BrS 69. | 2 Br 4,302. | 3 BrFr 72. | 4 Br 3,601.
19 1 BrFr 18. | 2 BrM 1,199. | 3 *St*, N 8,193 f.
20 1 Br 3,469 | 2 Czako in *St*, N 8,60. | 3 BrM 1,173. | 4 BrE 186.
21 1 Br 2,450. | 2 BrLi 321. | 3 Br 3,574. | 4 BrE 166. | 5 Br 4,355. | 6 G 1, 39.
23 1 Br 4,759. | 2 *JT*, N 7,32. | 3 BrFr 236. | 4 Br 4,33. | 5 Van der Straaten in *Ad*, N 4,88.
24 1 Br 2,272 f. | 2 BrLi 318. | 3 BrL 2,58. | 4 BrMa 130. | 5 *SL*, N 17,167.
25 1 BrRr 121. | 2 BrHz 194. | 3 BrL 1,323. | 4 Br 1,329. | 5 Br 1,512. | 6 BrS 90. | 7 BrE 78.
26 1 BrM 1,109. | 2 BrM 1,75. | 3 BrHz 9. | 4 BrHz 65. | 5 BrS 126. | 6 BrRr 96. | 7 Jenny Treibel in *JT*, N 7,98. | 8 Br 3, 744.
27 1 BrFr 38. | 2 BrHz 287. | 3 BrFr 20. | 4 G 1,70.
28 1 BrZ 86. | 2 Br 4,720. | 3 BrMa 228 f. | 4 Br 4,554. | 5 BrHz 322.
29 1 BrFr 146. | 2 *ZD*, N 15,344. | 3 *ZD*, N 15,237 f. | 4 BrE 277. | 5 BrRr 168. | 6 BrE 207. |
30 1 BrRr 133. | 2 BrFr 21. | 3 BrFr 17. | 4 BrFr 18. | 5 Br 2, 539.
31 1 BrMa 14. | 2 BrFr 30. | 3 BrZ 90. | 4 BrFr 33. | 5 Br 2,592. | 6 Br 3,192.
32 1 BrL 2,357. | 2 BrRr 207. | 3 BrH 162. | 4 Br 3,391.
33 1 BrMa 69 f. | 2 BrMa 47. | 3 Br 3,609. | 4 BrMa 11.

34 1 Br 3,348. | 2 Br 4,516.
35 1 Br 2,438 f. | 2 BrMa 26 f. | 3 *ZD*, N 15,144.
36 1 BrMa 244. | 2 BrE 173. | 3 BrHz 262. | 4 Br 1,501. | 5 BrZ 57.
37 1 Leopold Treibel in *JT*, N 7,88. | 2 *SL*, N 17,16. | 3 BrMa 257. | 4 BrRr 233. | 5 BrMa 122. | 6 *ZD*, N 15,242. | 7 Br 4,244. | 8 *ZD*, N 15,349 f. | 9 *JT*, N 7,53.
38 1 *ZD*, N 15,343. | 2 Dubslav von Stechlin in *St*, N 8,40. | 3 Br 3,616.
39 1 Br 4,658. | 2 Br 4,671. | 3 Br 4,529. | 4 Br 4,671.
40 1 BrFr 188. | 2 BrMa 52. | 3 *FBl* 39 (1985) 17. | 4 BrFr 36. | 5 BrZ 62. | 6 Br 4, 209.
41 1 Br 4,447. | 2 Br 3,191. | 3 *MM*, A,463.
42 1 BrF 1,143. | 2 Br 4, 468 f.
43 1 Br 1,543. | 2 BrMa 259. | 3 BrE 115. | 4 *JT*, N 7,148–150.
46 1 BrE 109. | 2 BrMa 236. | 3 Br 1,519. | 4 BrW 167. | 5 BrMa 33.
47 1 Leopold Treibel in *JT*, N 7,86 | 2 BrMa 226. | 3 BrE 221. | 4 BrMa 39.
48 1 BrMa 210. | 2 BrE 321. | 3 Br 4,52. | 4 BrMa 48 f. | 5 BrMa 24.
49 1 BrZ 100. | 2 BrMa 84. | 3 BrMa 241.
50 1 BrMa 68. | 2 BrMa 163. | 3 BrFr 20 | 4 BrMa 33. | 5 BrHz 248.
51 1 BrE 168. | 2 BrMa 39. | 3 BrE 285. | 4 Br 2,620. | 5 Br 3,564.
52 1 Br 4,144. | 2 BrL 1,129. | 3 BrE 209.
53 1 BrFr 251. | 2 BrE 189. | 3 N 19,46.
54 1 BrM 2,16. | 2 BrHz 273. | 3 BrRr 229. | 4 BrM 2,9. | 5 BrM 1,286. | 6 Br 4,348. | 7 BrMa 256. | 8 *Hv*, N 11,113. | 9 Br 2,646.

56 1 BrHz 202. | 2 BrRr 230. | 3 *ZD*, N 15,365 f. | 4 BrMa 218.

57 BrMa 218 f.

58 Br 4,394 f.

60 1 Br 4,758. | 2 *GP*, N 2,41. | 3 Br 4,465. | 4 *St*, N 8,71.

61 1 Br 4,389. | 2 BrE 239. | 3 BrMa 62. | 4 BrRr 204. | 5 BrZ 30. | 6 BrFr 174.

62 1 BrFr 157. | 2 BrFr 161. | 3 BrFr 170 f. | 4 BrMa 249.

63 1 Br 4,441. | 2 Br 4,394. | 3 BrE 127. | 4 Br 4,464.

64 Br 4,462

65 1 N 19,9. | 2 BrZ 54. | 3 Br 2,596. | 4 BrL 1,372. | 5 N 17,513. | 6 BrM 1,17.

66 1 BrMa 51. | 2 BrE 211. | 3 BrE 212. | 4 BrZ 144. | 5 Br 2,573 f. | 6 BrMa 13.

67 1 Br 1,469. | 2 BrE 256. | 3 BrE 245. | 4 BrMa 53. | 5 BrMa 53. | 6 BrMa 55.

68 1 BrM 1,198 f. | 2 BrM 2,192. | 3 *BK* Bd. 3.5,460. | 4 Br 3,162. | 5 BrE 304. | 6 BrE 305. | 7 Franziska Franz in *GP*, N 2,75. | 8 BrFr 21. | 9 BrMu 66.

69 1 BrMu 68. | 2 Br 2,316. | 3 *Okk*, N 16,339. | 4 BrE 215. | 5 BrE 210. | 6 BrK 47. | 7 BrMa 83.

71 1 BrH 155. | 2 BrZ 37. | 3 BrRr 209. | 4 BrE 186. | 5 G 3,13. | 6 Br 3,470 f. | 7 *FBl* 51 (1991) 19. | 8 BrE 183.

72 1 Br 3,165. | 2 BrE 255. | 3 BrHz 177. | 4 BrRr 157. | 5 BrMa 9. | 6 BrRr 164. | 7 BrHz 199. | 8 BrH 134.

73 1 BrHz 213. | 2 BrE 293. | 3 Br 3,358. | 4 BrL 2,374. | 5 BrFr 228. | 6 Br 4,463. | 7 Br 4,572. | 8 *FBl* 39 (1985) 23. | 9 Br 4,745.

74 1 Br 4,757. | 2 *SchJb* 2 (1977) 86. | 3 Br 4,712. | 4 BrHz 366. | 5 Br 4,463. | 6 *CT*, N 22/1,37. | 7 Baron Pentz in *U*, N 5,150. | 8 Br 4,414. | 9 BrFr 252. | 10 Treibel in *JT*, N 7,100 f.

75 1 Graf Barby in *St*, N 8,266. | 2 BrE 194 | 3 Woldemar von Stechlin in *St*, N 8,200. | 4 Dubslav von Stechlin in *St*, N 8,232. | 5 Schmidt in *JT*, N 7,14. | 6 Graf Barby in *St*, N 8,265 f. | 7 Frau von Carayon in *SvW*, N 2,278. | 8 Alvensleben in *SvW*, N 2,280.

76 1 Br 4,660. | 2 *JbSch* 27 (1983) 52. | 3 *Hv*, N 11,113. | 4 BrRr 130. | 5 *DtRd* 54 (1927) Bd. 210,240. | 6 BrMu 52. | 7 *ZD*, N 15,160.

77 1 *Spr*, N 12,60. | 2 Gräfin Holk in *U*, N 5,7. | 3 *CT*, N 22/1,165. | 4 Br 3,605. | 5 *Hv*, N 11,376. | 6 *JbSch* 28 (1984) 36. | 7 *FBl* 35 (1983) 275.

78 1 *FS*, N 13,183. | 2 Leo von Poggenpuhl in *P*, N 4,345. | 3 Dubslav von Stechlin in *St*, N 8,9. | 4 BrFr 246. | 5 *Tw*, N 17,364. | 6 BrMa 21. | 7 Br 3,131. | 8 BrMa 34.

79 1 BrFr 29. | 2 Br 3,466. | 3 BrFr 58 f. | 4 BrM 1,247. | 5 Br 2,538.

80 1 BrK 39. | 2 BrZ 46. | 3 *CT*, N 22/2, 293. | 4 BrL 1,401. | 5 Schmidt in *JT*, N 7,62.

81 1 BrL 2,312. | 2 BrHz 231. | 3 BrL 1,21. | 4 BrE 100. | 5 BrL 1,295. | 6 *CT*, N 22/1,827. | 7 BrFr 122.

82 1 BrMa 236. | 2 BrR 12 f. | 3 BrLi 329 f. | 4 Br 4,7. | 5 BrMa 56.

83 1 BrE 198. | 2 BrE 201. | 3 BrFr 176. | 4 BrH 98. | 5 Bülow in *SvW*, N 2,278 f.

84 1 BrFr 280. | 2 Br 2,614. | 3 Br 4,716. | 4 Br 3,472. | 5 BrM 2,134. | 6 BrHz 313. | 7 *St*, N 8,278–280.

87 1 BrE 217. | 2 BrFr 256. | 3 *CT*, N 22/1,673.

88 1 Br 4,713. | 2 Br 3,174. | 3 *Hv*, N 11,163. | 4 Br 4,345. | 5 BrFr 243.

89 1 Br 3,725. | 2 *CT*, N 22/1,876. | 3 Br 4,526. | 4 BrFr 268. | 5 Br 4,525. | 6 *MM*, A,445–447.

91 1 N 21/1,81. | 2 Br 3,745. | 3 BrFr 295 f. | 4 *FBl* 38 (1984) 522. | 5 BrH 168.

92 1 G 1,46. | 2 *ZD*, N 15,19. | 3 BrK 23. | 4 BrFr 204. | 5 Br(A) 15. | 6 BrHz 271.

93 1 BrL 1,362 f. | 2 BrE 284. | 3 BrFr 36. | 4 BrL 2,80. | 5 BrR 19. | 6 *NRd* 36 (1925) 696. | 7 Br 3,236. | 8 BrE 121.

94 1 Br 3,454. | 2 Br 3, 720. | 3 BrMa 169. | 4 Br 4,105. | 5 *FBl* 17 (1973) 53. | 6 Br 3,292.

95 G 1,392 f.

96 1 Br 3,371. | 2 Br 4,608. | 3 *DtRd* 54 (1927) Bd. 210,240. | 4 Br 4,372.

97 1 BrHz 274. | 2 BrMa 161. | 3 *K*, N 14,135–137.

100 1 *Okk*, N 16,174. | 2 *Hv*, N 11,389 f.

101 1 Br 1,224. | 2 BrE 201. | 3 BrRr 123.

102 1 Br 4,393. | 2 BrMa 141.

103 1 BrHz 44. | 2 BrRr 191. | 3 BrMu 60. | 4 BrRr 149. | 5 BrZ 83. | 6 BrL 2,6. | 7 *St*, N 8,35 f.

106 1 BrMa 152 f. | 2 Br 4,625 f. | 3 BrFr 281.

107 1 *FBl* 35 (1983) 278. | 2 Br 3,647. | 3 BrH 221. | 4 BrMa 32. | 5 BrHz 317. | 6 BrFr 178.

109 1 *R*, N 18,107. | 2 Br 3,163. | 3 BrE 332. | 4 Br 3,649. | 5 Br 2,256. | 6 *FBl* 53 (1992) 5. | 7 BrW 133. | 8 Br 3,481.

110 1 Br 3,505. | 2 BrM 1,153. | 3 BrE 116. | 4 Br 3,67. | 5 BrH 147. | 6 BrE 145. | 7 *SL*, N 17,166.

111 1 BrFr 307. | 2 BrL 1,412. | 3 *ZD*, N 15,14.

112 1 BrMa 229. | 2 BrFr 224. | 3 BrHz 139. | 4 BrFr 121. | 5 BrMa 62 f.

114 BrE 278 f.

115 Br 2,254.

116 1 BrHz 292. | 2 BrM 1,283. | 3 *CT*, N 22/1,472. | 4 BrFr 51. | 5 BrFr 21. | 6 Br 2,591. | 7 BrL 1,19.

117 1 Br 2,213. | 2 BrFr 205. | 3 BrMa 168. | 4 Br 4,417. | 5 BrE 279. | 6 BrFr 295. | 7 BrMa 196. | 8 Rex in *St*, N 8,191.

118 1 BrMa 238. | 2 BrE 129. | 3 Br 4,548. | 4 BrR 83. | 5 *CT*, N 22/1,792.

119 1 Br 4,438. | 2 Van der Straaten in *Ad*, N 4,14. | 3 Br 3,135. | 4 Bülow in *SvW*, N 2,311. | 5 *CT*, N 22/2,54. | 6 *JbSch* 28 (1984) 30. | 7 Br 4,663.

120 1 *R*, N 18,16. | 2 BrMa 91. | 3 Br 3,575. | 4 BrHz 85. | 5 *KFr*, N Fotomech. Nachdr. 2,658 f. | 6 BrMa 124. | 7 BrE 273.

121 1 Br 1,653. | 2 BrMa 134. | 3 BrL 1,124. | 4 BrFr 223.

122 1 Br 4,657. | 2 BrMa 182. | 3 Br 4,426. | 4 *JbSch* 28 (1984) 41. | 5 BrE 123.

123 1 Br 4,259. | 2 Br 4,462. | 3 BrFr 190. | 4 *Hv*, N 11,421 f. | 5 BrH 196. | 6 BrFr 218.

124 1 BrH 216. | 2 Baron Arne in *U*, N 5,51. | 3 *R*, N 18,73. | 4 Leo von Poggenpuhl in *P*, N 4,350. | 5 BrMa 48. | 6 BrMa 158.

125 1 Br 3,302. | 2 BrMa 146. | 3 Distelkamp in *JT*, N 7,52. | 4 Br(K) 53. | 5 Br 4,464. | 6 Br 4,533. | 7 Br 4,550. | 8 BrFr 322. | 9 Br 4,739.

126 1 Br 2,486. | 2 BrL 1,267. | 3 BrRr 190. | 4 N 21/1,216. | 5 Br 2,432. | 6 BrR 19. | 7 BrFr 221. | 8 Br 3,258.

127 1 BrFr 239. | 2 Treibel in *JT*, N 7,17. | 3 Dubslav von Stechlin in *St*, N 8,8.

128 1 Br 4,258. | 2 BrHz 47. | 3 BrMa 34 f. | 4 N 24,161.

129 1 G 3,62. | 2 Egon Asperg in *GP*, N 2,10. | 3 *JT*, N 7,67. | 4 Br 4,169 f.

130 *MM*, A,456.

132 1 BrE 138. | 2 BrFr 213. | 3 *R*, N 18,85. | 4 Pastorin Schleppegrell in *U*, N 5,142. | 5 BrFr 169. | 6 Br 2,615.

134 1 BrMa 254. | 2 BrZ 35. | 3 BrMa 108. | 4 *JT*, N 7,103–105.
138 1 Gräfin Holk in *U*, N 5,57. | 2 *R*, N 18,44. | 3 BrFr 246. | 4 Br 2,613. | 5 BrFr 276. | 6 Br 4,429.
139 1 Br 4,491. | 2 Br 4,586. | 3 BrE 188. | 4 Br 2,317. | 5 BrW 151.
140 1 N 17,514. | 2 Br 3,530. | 3 BrMa 175. | 4 G 1,51. | 5 BrE 284. | 6 BrMa 109.
141 1 Euphemia La Grange in *GP*, N 2,41. | 2 *Spr*, N 12,160.
142 1 BrHz 69. | 2 Br 1,557. | 3 Ebba von Rosenberg in *U*, N 5,150. | 4 Ebba von Rosenberg in *U*, N 5,83. | 5 G 2,114. | 6 Br 4,153. | 7 BrMa 175.
143 1 BrRr 86. | 2 *St*, N 8,121. | 3 BrRr 174.
144 1 BrL 2,376. | 2 BrL 2,148. | 3 BrD 221 f. | 4 BrFr 39. | 5 BrMa 36. | 6 Br 3,170.
145 1 *P*, N 4,351. | 2 BrM 2,103. | 3 BrMa 18. | 4 BrMa 164. | 5 Br 3,170. | 6 BrHz 298. | 7 BrR 18.
146 1 BrS 90. | 2 *KrB*, N 24,1090. | 3 Br 2,644. | 4 BrHz 119. | 5 BrFr 55. | 6 BrHz 321.
147 1 BrMa 176. | 2 BrMa 36. | 3 BrH 78. | 4 BrHz 10. | 5 Br 2,634 f.
148 1 BrE 262. | 2 G 1,36. | 3 BrMa 64. | 4 Br 4,754. | 5 BrMa 242.
149 1 BrFr 243. | 2 BrFr 238. | 3 BrW 148.
150 *R*, N 18,7 f.
151 1 Br 4,340. | 2 BrMa 272.
152 1 BrFr 52. | 2 BrE 285. | 3 BrRr 138.
153 1 *R*, N 18,14. | 2 BrRr 195. | 3 BrRr 90. | 4 BrE 197. | 5 BrFr 123. | 6 BrMa 123. | 7 BrMa 194. | 8 Br 2,296.
154 *St*, N 8,172.
155 1 BrFr 234. | 2 Br 2,470. | 3 BrE 131. | 4 BrFr 281. | 5 BrH 138.

156 1 Br 4,373. | 2 Baronin Berchtesgaden in *St*, N 8,274. | 3 BrE 294. | 4 *JbSch* 28 (1984) 43. | 5 *Hv*, N 11,425. | 6 BrH 209. | 7 BrMa 153. | 8 BrH 217.

157 1 Br 2,560. | 2 BrL 1,305. | 3 BrHz 243. | 4 BrMa 26. | 5 BrM 1,288. | 6 *SL*, N 17,46. | 7 BrE 133.

158 1 BrE 137. | 2 BrMa 18. | 3 BrE 140.

159 1 BrFr 194. | 2 BrMa 10. | 3 BrF 2,263. | 4 BrM 2,61. | 5 *Hv*, N 11,109–111.

162 1 *Okk*, N 16,301. | 2 Br 2,470. | 3 BrMa 91.

163 1 BrS 79. | 2 BrL 1,399 f. | 3 BrM 1,190. | 4 BrMu 32. | 5 BrM 1,128. | 6 BrM 1,198.

164 1 BrM 2,64. | 2 BrHz 63. | 3 *FBl* 49 (1990) 21. | 4 BrRr 66. | 5 Br 2,217. | 6 BrLi 300. | 7 Br 2,320. | 8 Br 2,444. | 9 BrHz 186. | 10 *DtRd* 54 (1927) Bd. 210,243.

165 1 BrMa 19. | 2 Br 3,19. | 3 BrE 105. | 4 BrMa 21. | 5 BrMa 24. | 6 BrMa 27. | 7 BrMa 27 f.

166 1 BrHz 236. | 2 Br 3,124. | 3 Br 3,164. | 4 Br 3,313.

167 1 Br 3,370. | 2 BrE 274. | 3 BrFr 26. | 4 BrFr 33. | 5 BrFr 35. | 6 BrFr 45. | 7 BrFr 64.

168 1 Br 3,517. | 2 BrE 320. | 3 BrFr 84. | 4 Br(A) 33. | 5 Br 3,588. | 6 BrMa 91. | 7 Br 3,594 f. | 8 Br 3,602 f.

169 1 BrHz 296. | 2 BrMa 106. | 3 BrMa 110. | 4 BrE 343. | 5 BrZ 101. | 6 Br 3,662. | 7 BrMa 126. | 8 BrMa 128.

171 1 BrMa 128. | 2 BrMa 131. | 3 Br 3,702. | 4 Br 3,707. | 5 BrMa 145. | 6 Br 3,746. | 7 Br 4,7. | 8 BrHz 325.

172 1 Br 4,31. | 2 Br 4,45. | 3 BrMa 159. | 4 *FBl* 39 (1985) 9. | 5 BrFr 172. | 6 Br 4,64. | 7 Br 4,82. | 8 Br 4,89. | 9 BrMa 180.

173 1 *FBl* 39 (1985) 13. | 2 BrMa 189. | 3 BrFr 156. | 4 BrZ 113. | 5 BrFr 169. | 6 BrZ 115. | 7 BrFr 193.

174 1 BrFr 196. | 2 BrFr 196. | 3 BrFr 197. | 4 BrFr 214. | 5 BrHz 349. | 6 BrMa 210.

175 1 BrFr 245. | 2 BrFr 251. | 3 Br 4,372 f. | 4 BrFr 270. | 5 *NRd* 21 (1910) 1378. | 6 BrFr 275. | 7 Br 4,445 f. | 8 BrMa 243.

176 1 Br 4,487. | 2 Br 4,494. | 3 Br 4,515. | 4 Ermyntrud Katzler in *St*, N 8,164. | 5 N 21/1,150.

177 1 Pater Feßler in *GP*, N 2,16. | 2 BrHz 272. | 3 *CT*, N 22/1,783. | 4 Schmidt in *JT*, N 7,62. | 5 BrFr 66. | 6 Br 2,297. | 7 BrE 111.

Verzeichnis der Abbildungen